KB145488

대
한

독
립

만
세

# 대한 독립 만세

3·1운동 100주년 기념 소설집

서해문집 청소년문학 029

초판 1쇄 발행 2019년 2월 10일
초판 6쇄 발행 2024년 2월 10일

| | |
|---|---|
| 지은이 | 정명섭 신여랑 이상권 박경희 윤혜숙 |
| 펴낸이 | 이영선 |
| 책임편집 | 김종훈 |
| 편집 | 이일규 김선정 김문정 김종훈 이민재 김영아 이현정 |
| 디자인 | 김회량 위수연 |
| 독자본부 | 김일신 정혜영 김연수 김민수 박정래 손미경 김동욱 |

펴낸곳 서해문집 | 출판등록 1989년 3월 16일(제406-2005-000047호)
주소 경기도 파주시 광인사길 217(파주출판도시)
전화 (031)955-7470 | 팩스 (031)955-7469
홈페이지 www.booksea.co.kr | 이메일 shmj21@hanmail.net

ISBN 978-89-7483-979-6 43810

서해문집
청소년문학
006

# 대한 독립 만세

3·1운동 100주년 기념 소설집

정명섭
신여랑
이상권
박경희
윤혜숙

서해문집

# 책을 펴내며

역사학자이자 독립운동가인 박은식은 《한국독립운동지혈사》
(1920)에서 3·1운동의 규모를 이렇게 썼다.

**3월부터 5월까지 집회 수 1542회, 참가자 202만 3098명, 사망
자 7509명, 부상자 1만 5961명, 체포된 사람 4만 6948명…**

3·1운동은 1919년 3월 1일부터 5월까지, 그리고 백두에서 한
라까지 전국 곳곳으로 이어졌다. 조선 인구가 1600만 명이었고 통
신 시설이 거의 없었던 당시 상황을 고려해 보면, 이런 참여율은
가히 기적이라 할 만하다.

더구나 천도교·기독교·불교·유교 등 모든 종교를 아우르고,
농부·학생·기생 등 신분과 직업을 뛰어넘어 독립이라는 하나의
뜻 아래 모였으며, 전국 방방곡곡의 남녀노소가 참여했고, 어떤 폭

력도 행사하지 않고 오직 평화적으로 만세를 부른 비폭력 시위라는 점에서 우리 역사뿐만 아니라 세계사에서도 높이 평가받을 일이다.

3·1운동의 도화선은 도쿄에서 유학 중이던 중앙고등보통학교 졸업생 송계백이 이광수의 '2·8독립선언서'를 가지고 온 것이었다. 이를 계기로 민족대표 33인이 전국적인 만세운동을 도모할 수 있었다. 그리고 탑골공원의 만세집회 전단을 집집마다 배달하고 길거리에 벽보를 붙인 것은 승동교회와 천도교 중앙대교당, 조선중앙기독청년회 등의 학생들이었다.

이런 학생들의 역할은 만세운동이 전국으로 번지게 된 계기가 됐다. 특히 학생들의 참여를 막겠다고 조선총독부가 내린 휴교령은 오히려 만세운동에 기름을 붓는 격이었다. 학교를 가지 못하게 된 학생들이 독립선언서를 몸에 감추고 고향으로 내려가 각 지역의 만세운동에서 큰 역할을 했기 때문이다.

2018년 4월 어느 날, 우연히 작가 몇과 서해문집 편집자가 함께한 자리에서 올해가 3·1운동 100주년이라는 이야기가 나왔고, 만세운동 현장의 청소년들을 담은 이야기를 책으로 내자는 데 뜻을 모았다. 만세운동의 시작부터 끝까지, 그 현장에 청소년들이 있었기 때문이다.

함께할 작가들이 다시 한자리에 모여 만세운동은 어떻게 시작됐고, 어떤 과정을 거쳤으며, 만세운동 당일 사람들의 모습은 어떠했는지를 단편소설로 담기로 했다. 사실을 바탕에 두었더라도 작가적 상상력으로 그려 낸 부분이 많은 만큼 만세운동 이후의 모습, 판결문, 복원된 만세운동 유적지 등 실제 현장의 모습을 각 작가의 소설 뒤에 덧붙이기로 했다. 형식이 정해진 후 어느 곳의 만세운동을 다룰지를 두고 다시 논의를 했다.

우선 서울 탑골공원, 천안 아우내장터, 수원 제암리 등 이미 많이 알려진 곳과 답사가 불가능한 북한 지역을 제외하고 각 작가들과 연관이 있는 지역이면서, 학생·해녀·기생·농부·노동자 등 다양한 신분의 청소년이 주도적으로 참여했던 만세운동 현장을 찾아보기로 했다. 그렇게 결정한 곳이 경기도 용인, 강원도 홍천, 전라도 광주, 경상도 통영, 제주도 조천이었다.

작가들은 생생한 현장을 그려 내기 위해 문헌 자료를 조사하고 관련 장소를 직접 답사했으며, 만세운동에 참여했던 사람들의 후손을 만나 취재하고, 또 만세 유적지를 사진으로 남겼다. 원고 작업이 끝난 후 게재 순서는 만세운동이 일어난 날짜순으로 하기로 했다.

100년 전 나라의 독립과 자유를 외쳤던 청소년들의 이야기를 통해 3·1운동의 의미를 되짚어보는 계기가 되기를, 그날의 뜨거

운 함성이 오늘의 청소년들에게도 작은 횃불로 되살아나기를 기
대해 본다. 끝으로 함께해 준 작가들과 서해문집에 깊은 감사를 전
한다.

다섯 작가의 뜻을 모아
2019년 1월, 윤혜숙 쓰다

# 차례

# 피로 새겨진 이름, 윤혈녀

1919년 3월 10일
#전라도 광주

**정명섭** 서울에서 태어났다. 대기업 샐러리맨을 거쳐서 파주출판도시에서 바리스타로 일했으며, 다양한 장르의 글을 쓰는 전업 작가로 활동 중이다. 지은 책으로는 《쓰시마에서 온 소녀》, 《직지를 찍는 아이, 아로》, 《명탐정의 탄생》, 《어쩌다 고양이 탐정》, 《남산골 두 기자》, 《불 꺼진 아파트의 아이들》, 《미스 손탁》 등이 있다.

과수원 쪽에서 요란한 총소리가 들려오자 자갈밭으로 끌려온 사람들은 흠칫 몸을 떨었다. 하지만 그녀는 평온한 표정으로 목에 건 십자가를 만지작거렸다. 그러고는 깨진 안경을 쓴 손양원 목사를 바라봤다.

"저들이 서두르는 걸 보니 소문대로 국군과 유엔군이 인천에 상륙했나 봐요. 목사님."

"그러게 말입니다."

총소리가 그치자 인민군들이 손양원 목사를 비롯해서 앞쪽에 있던 사람들을 과수원 쪽으로 끌고 갔다. 여기저기서 하나님을 찾는 소리가 들려오는 가운데 손양원 목사가 그녀에게 말했다.

"먼저 가서 기다리겠습니다. 전도사님."

"저도 곧 따라가지요."

손양원 목사가 끌려간 직후, 산 아래에서 녹색 군복 차림의 인민군 군관을 태운 사이드카 한 대가 자갈밭을 올라왔다. 사이드카에서 내린, 30대 후반으로 보이는 키 큰 군관이 따발총을 든 인민군 병사와 잠시 얘기를 나누고는 그녀가 있는 곳으로 다가왔다. 수염투성이 얼굴 여기저기에는 상처가 나 있었다. 그녀를 내려다보던 군관이 물었다.

"당신이 윤혈녀요?"

"그렇습니다."

그녀가 고개를 끄덕거리자 군관이 군복 윗주머니에서 담배를 꺼내 물었다.

"한쪽 팔이 없는 게 왜정 때 만세를 부르다가 칼에 잘려서 그랬다는 소문을 들었소만."

"어디 팔뿐이겠습니까? 고문을 당해서 오른쪽 눈도 안 보이고 왼쪽 눈도 거의 안 보입니다."

윤혈녀의 얘기를 들은 군관이 혀를 찼다.

"그렇게 제국주의에 맞서 투쟁했으면서 어째서 우리 공화국에 맞서는 것이오? 지금이라도 늦지 않았으니 공화국과 함께 갑시다."

윤혈녀는 담뱃불을 붙이면서 자신을 내려다보는 군관에게 대답했다.

"나는 오직 하나님과 함께 갈 뿐입니다."

그러자 허리를 숙여 그녀의 얼굴에 담배 연기를 뿜은 군관이 말했다.

"듣던 대로 고집불통이군. 내가 담배를 다 피울 때까지 시간을 주겠소. 그때까지 잘 생각해 보시구려."

그의 얘기를 들은 윤혈녀는 나무에 기댄 채 과거를 떠올렸다.

*1919년 1월 22일, 광주 수피아여학교*

"언니! 신문 봤어?"

늘 떠들썩한 수피아홀의 교실 한쪽에서 책을 읽고 있던 윤형숙은 자신을 부르는 소리에 고개를 들었다. 그녀를 부른 것은 같은 2학년 학생이자 네 살 아래인 최수향이었다. 그녀와 최수향은 여러모로 달랐다. 어린 나이에 어머니를 여의고 외국인 선교사 집에서 지내면서 보통학교와 성서학교를 졸업한 윤형숙은 비교적 늦은 나이인 열여덟에 수피아여학교에 입학했다. 반면 최수향은 양림리에서 과수원을 하는 집안의 외동딸로 태어나서 부족함이 없이 자란 열네 살 소녀였다. 외모도 정반대였는데 마치 남자처럼 어깨가 넓고 얼굴선이 굵은 윤형숙과는 달리 최수향은 갸름한 얼굴에 여성스러움이 가득했다. 둘은 외모만큼이나 성격도 극과 극이었지만 나름 잘 어울렸다. 윤형숙의 포용하는 성격과 최수향의 잘 따르는 성격이 맞아떨어진 것이다. 책에서 눈을 뗀 윤형숙은 최수향이 눈앞에 들이민 신문을 보고는 눈살을 찌푸렸다.

"매신(매일신보)이잖아. 난 이 신문 안 읽어."

"저도 아는데 보통 일이 아니라서 말이에요."

최수향의 말에 윤형숙은 마지못해 신문을 들여다봤다. 1면에 커다랗게 쓰인 제목을 읽은 윤형숙은 입을 다물지 못했다.

"이태왕(고종) 전하 승하! 이게 대체 무슨 얘기야?"

"갑자기 용태가 중하셔서 돌아가셨다고 하는데 소문이 좀 돌고 있어요."

주변을 쓱 돌아본 윤형숙이 물었다.

"무슨 소문?"

"왜놈들의 사주를 받은 궁녀들이 전하가 드시는 식혜에 독약을 탔다는 소문이요."

"설마?"

윤형숙의 반문에 최수향이 고개를 저었다.

"왜놈들은 그러고도 남을 놈들이에요. 내일 학교 기숙사에서 반일회 모임을 가질 건데 언니도 오실래요?"

"그런 모임은 교장 선생님이 위험하다고 했잖아."

미션스쿨인 덕분에 감시가 덜하기는 하지만 정책을 따라야 한다는 점 때문에 학교에서는 정치적인 모임을 금지했다. 하지만 몇몇 학생과 선생들은 아랑곳하지 않고 은밀히 모임을 가졌다. 나이가 들어서 겨우 학교에 입학한 윤형숙은 무사히 졸업하는 게 최우선 목표였다. 그런 그녀의 눈에 동급생이지만 나이가 한참 어린 최수향은 착하기는 하지만 세상 물정 모르는 부잣집 철부지 막내딸이었다. 하지만 호기심이 생긴 윤형숙은 책을 덮으면서 물었다.

"누가 오는데?"

"박애순 선생님이랑 진신애 선생님이 오실 거고요. 다른 학생들도 온다고 했어요."

"생각해 보고."

말은 그렇게 했지만 갈 생각은 별로 없었다. 수업 시작을 알리는 종이 울리자 삼삼오오 모여서 떠들던 여학생들이 자리를 찾아가서 앉았다. 잠시 후, 앞문이 열리고 검정색 치마와 흰 저고리를 입은 박애순 선생님이 들어왔다. 수피아여학교를 졸업한 선배이기도 한 박애순 선생님은 늘 단정한 옷차림에 마른 몸매였고 안경을 쓰고 있어서 다소 신경질적으로 보였다. 하지만 누구보다 후배들을 사랑하고 빼앗긴 나라를 안타까워했다. 교탁에 선 그녀와 눈이 마주친 윤형숙은 얼른 자리에서 일어났다.

"차려! 선생님께 인사!"

반장인 윤형숙의 구령에 맞춘 여학생들의 인사를 받은 박애순이 칠판으로 돌아서서 분필로 '이태왕 전하 승하'라는 글씨를 썼다. 최수향에게 얘기를 들은 윤형숙을 제외한 나머지 여학생들은 놀란 표정을 감추지 못했다. 분필을 내려놓은 박애순 선생님이 참담한 표정으로 말했다.

"어제 전하께서 갑작스럽게 승하하셨습니다. 오늘 신문에 발표가 되긴 했지만 아직 모르는 학생들이 많아서 전달합니다. 수업 전에 전하를 위한 묵념을 하도록 하겠습니다."

박애순 선생님의 얘기를 들은 윤형숙이 얼른 말했다.

"일동! 묵념!"


수업이 모두 끝나자 여학생들은 복도를 우르르 달려서 수피아홀을 나왔다. 몇 년 전 스턴스 여사가 일찍 세상을 떠난 여동생 제니 수피아를 기리기 위해서 지은 2층 벽돌 건물인 수피아홀은 교실로 사용되고 있었다. 내일이 휴일이라 수업이 없어서 그런지 학생들의 발걸음은 유난히 가벼웠다. 2층 교실 창문에서 바깥 풍경을 바라보던 윤형숙도 밖으로 나왔다. 원래는 기숙사에 머물렀지만 주말에는 순천에 있는 집으로 가곤 했다. 어머니가 일찍 돌아가신 뒤 아버지는 윤형숙에게 신식 교육을 시키기 위해서 외국인 선교사 집에 맡겼다. 그 덕분에 그녀는 보통학교를 무사히 마칠 수 있었다. 그녀의 목표는 하루빨리 수피아여학교를 졸업하고 선생이 되는 것이었다. 그때까지는 눈 감고 귀를 막고 살 생각이었다. 광주 시내로 들어선 윤형숙은 순천으로 가기 전에 광주천 아래 시장에 들렀다. 집에 가기 전에 장을 볼 생각이었다. 장터 입구에 도착한 그녀는 사람들이 잔뜩 몰려 있는 걸 봤다. 주로 장터에 나온 장사꾼들이었는데 발을 동동 구르면서 안타까워하는 모습이었다. 가까이 다가간 윤형숙이 장사꾼 중 한 명에게 물었다.

"무슨 일이에요?"

"저기, 순사가 애를 저렇게…."

장사꾼이 차마 말을 잇지 못한 풍경은 참혹했다. 칼을 차고 제복을 입은 순사가 바닥에 쓰러져 있는 아이에게 발길질을 하는 중이었다. 아이 옆에는 군고구마 좌판이 엎어져 있었다.

"바카야로! 허가받지 않은 상업 행위는 금지라고 내가 몇 번을 말했나!"

"살려 주십시오. 순사 나리! 아버지가 인력거를 끌다가 허리를 다치셨습니다."

순사는 두 손을 싹싹 비는 아이의 뒷덜미를 잡아서 질질 끌고 갔다. 용서해 달라는 아이의 비명 소리가 사람들 사이로 파묻혀 버렸다. 두 사람이 사라지자 장사꾼들도 일상으로 돌아갔다. 혀를 찬 아주머니의 모습 너머로 길바닥의 군고구마가 보였다. 동작이 빠른 아이들이 벌써 군고구마를 챙기는 중이었다. 눈물을 글썽거리며 끌려가는 아이의 모습이 눈에 밟혔다. 고향에 있는 어린 남동생의 얼굴과 아이의 얼굴이 겹쳐졌기 때문이다. 결국 고향에 가는 걸 포기한 윤형숙은 터덜터덜 언덕을 올라 학교로 돌아왔다.

*1919년 1월 24일, 광주 수피아여학교*

윤형숙이 머무는 기숙사 지하에는 예배를 보는 공간이 있었는데 종종 다른 모임도 열렸다. 교사들과 학생들로 구성된 반일회 모임이 대표적이었는데, 겉으로는 연극 모임을 자처해서 〈장 발장〉을 번안한 〈애사〉나 〈베니스의 상인〉 같은 작품들로 공연을 한 적도 있었다. 윤형숙이 계단으로 내려가서 문을 열자 기다리고 있던 최수향이 얼른 문을 닫았다. 지하에 있는 탓에 아직 해가 떨어지지 않았지만 램프를 켜 놔야 할 정도로 어두웠다. 램프가 놓인 탁자 앞에 앉아 있던 박애순 선생님에게 윤형숙이 물었다.

"이태왕 전하께서 정말 승하하신 겁니까?"

"경성일보도 매신이랑 같은 내용을 적었어. 경성에 있는 교회 목사님이랑 통화했는데 사실이라고 하더라."

"왜놈들 짓이 분명합니다."

분을 참지 못한 윤형숙의 말에 박애순 선생님이 고개를 저었다.

"그건 확실치 않아. 확실한 건 그냥 넘어가서는 안 된다는 거지."

"어떻게 하실 건데요?"

"일단 광주에서 경성으로 사람이 몇 명 올라갈 거야. 가서 상황을 살펴보고 거기에 맞춰서 움직일 생각이란다."

구체적으로 뭘 어떻게 한다는 얘기는 없었지만 윤형숙은 충분히 알아들었다. 언제부터인지 몰라도 조선으로 넘어온 일본인들의 행태는 그녀를 비롯한 조선 사람들에게 큰 불만을 가지게 만들었다. 거기에다 일본은 조선을 강제로 병합하면서 동등하게 대해 준다는 약속을 헌신짝처럼 버렸다. 조선 사람들은 마음대로 회사도 세울 수 없었고, 신문사를 비롯한 언론사도 만들지 못했다. 같은 죄를 저질러도 조선 사람에게만 태형이 가해지는 것도 불만이었다. 무엇보다 이틀 전, 시장에서 본 풍경이 그녀를 화나게 만들었다.

"그때 저도 꼭 끼워 주세요. 선생님."

윤형숙의 말에 옆에 있던 최수향도 나섰다.

"저도요. 빼먹으시면 안 됩니다."

구석에서 얘기를 듣고 있던 진신애 선생님이 나섰다.

"너희들은 아직 학생이야. 공부가 우선이란다."

그녀의 말에 윤형숙이 발끈했다.

"빼앗긴 나라를 되찾는 데 학생이 나서지 못할 이유가 무엇입니까?"

분위기가 과열될 기미를 보이자 박애순 선생님이 만류했다.

"여기서 우리끼리 목청을 높일 상황이 아니야."

"죄송합니다. 선생님."

윤형숙이 사과하자 진신애 선생님이 웃으면서 괜찮다고 대답했다. 박애순 선생님이 참석자들에게 말했다.

"이번 일은 비밀 유지가 가장 중요해. 그래서 여기서 모이라고 한 거야. 구라파에서 대전이 끝나고 불란서의 파리에서 만국평화회의가 열린다고 하더라. 미리견의 윌슨 대통령이 14개조의 평화 원칙을 천명했는데 그중에 민족자결주의에 관한 내용이 들어 있어."

"민족자결주의라는 게 뭔가요?"

윤형숙의 물음에 박애순 선생님이 대답했다.

"각 민족은 외부의 간섭 없이 스스로의 운명을 결정해야 한다는 것이야. 특히 피지배 민족의 경우에는 자유롭게 자신들의 정치적 미래를 선택할 수 있는 자결권을 줘야 한다는 얘기지."

"그럼…."

윤형숙이 마른침을 삼키면서 박애순 선생님에게 덧붙였다.

"우리 조선도 왜놈들의 지배에서 벗어나서 스스로 자립할 수 있는 길이 열린다는 얘긴가요?"

"회담 결과를 지켜봐야겠지만 원칙적으로는 우리에게도 기회가 온 셈이야."

"그럼 이대로 있을 수는 없잖아요."

흥분한 윤형숙의 얘기에 진신애 선생님이 고개를 저었다.

"우리끼리만 할 수는 없잖아. 때를 기다려야 해."

"어떤 때요?"

"며칠 뒤에 오웬기념각에서 모임이 있을 거야. 자세한 얘기는 그때 하자."

진신애 선생님의 말에 윤형숙은 고개를 끄덕였다. 진신애 선생님이 다른 참석자들을 둘러보면서 얘기했다.

"명심해. 오늘 우리는 바보 온달에 관한 연극을 하려고 모인 거다."

밤이 깊어지자 북문안교회 뒤편에 있는 오웬기념각으로 사람들이 하나둘씩 모여들었다. 회색 벽돌로 만든 2층 건물인 오웬기념각은 유진 벨 목사와 함께 광주에서 최초로 목회 활동을 했던 클레멘트 오웬과 그의 할아버지인 윌리엄을 기념하기 위해서 지은 건물이다. 이곳은 주로 예배를 보는 곳이지만 연극이나 강연회, 혹은 음악회가 자주 열려서 공회당이라고 부르는 사람들도 있었다. 최수향과 함께 오웬기념각에 도착한 윤형숙은 먼저 와 있던 박애순·진신애 선생님과 눈인사를 하고는 빈자리를 찾아서 앉았다. 1층과 2층의 창문은 모두 굳게 닫혔고 두꺼운 커튼이 쳐졌다. 군데군데 놓인 램프의 불빛이 오가는 사람들의 윤곽을 잡아 줬다. 윤형숙 옆에 앉은 최수향이 주변을 돌아보고는 나지막하게 말했다.

"교회 신도들이랑 근처 학교 선생님들이 많이 왔어요."

분위기가 분위기인지라 활달한 성격의 윤형숙조차 입을 열지 못했다. 나무 십자가가 구석에 놓인 단상 위로 숭일학교 교사인 최병진이 올라갔다.

"밤중에 모이시느라 고생이 많았습니다. 일단 지금까지의 간략한 진행 상황과 함께 향후 계획에 대해서 알려드리고자 여러분을 모셨습니다. 3월 1일에 경성에서 만세운동이 벌어지기 한 달 전인 2월 8일, 동경에서 유학생들의 만세시위가 있었습니다."

처음 듣는 소식에 참석자들 모두 술렁거렸다. 헛기침을 한 최병진의 말이 이어졌다.

"광주 출신의 유학생이 우리와 만나서 이곳에서도 만세시위를 벌이자고 제안했습니다. 그래서 태극기를 비롯해서 필요한 물품들을 준비하는 와중에 경성에서 만세시위가 일어나서 정황을 알아보러 올라갔습니다. 그곳에서 우리 동포들이 얼마나 대단한 기세로 만세를 불렀는지를 직접 목격하고 3월 5일 내려오게 됐습니다. 원래는 3월 8일에 만세를 부르기로 했는데 시일이 너무 촉박하다고 해서 부동교 아래에서 작은 장터가 열리는 장날인 3월 10일에 거행하기로 했습니다. 장날이라 오는 사람도 많고, 모래밭에서 풋볼 경기가 자주 열리는 터라 젊은이들이 많이 올 겁니다."

구체적인 날짜가 나오자 참석자들이 술렁거렸다. 최수향이 조심스럽게 윤형숙에게 물었다.

"내일이네요? 언니."

"그러게."

술렁거리는 참석자들에게 진정하라는 손짓을 한 최병진이 말을 이었다.

"경성은 물론이고 평양을 비롯한 지방 각지에서도 속속 만세시위가 펼쳐지고 있습니다. 우리 광주도 빠질 수 없으니 다들 최대한 사람들을 모아서 크게 시위를 일으킵시다."

참석자들은 반짝거리는 눈빛과 불끈 쥔 주먹으로 찬성의 뜻을 드러냈다. 먼저 밀짚모자를 쓴 한 사람이 일어났다.

"나, 범윤두는 이주상과 함께 지산면 일대의 농민들을 데리고 가담하겠습니다. 야학으로 알게 된 사람들이 제법 많습니다."

뒤이어 양림교회 신도인 김복현이 일어났다.

"양림교회 김필수 목사님과 함께 신도들을 이끌고 동참하겠소."

여기저기서 동참하겠다는 목소리가 나오는 가운데 박애순 선생님이 나섰다.

"우리 수피아여학교에서는 선생들과 학생 모두가 참여하겠습니다."

그녀의 발언을 들은 김복현이 조심스럽게 물었다.

"우리가 시위에 나서면 일본 놈들이 가만있지 않을 겁니다. 위험하지 않겠습니까?"

"나라를 찾는 데 여자라고 물러나 있을 이유는 없습니다. 이미 학생들과도 얘기를 다 끝냈습니다."

그 얘기가 끝나기가 무섭게 윤형숙이 벌떡 일어났다.

"맞습니다. 우리 학교 학생들은 모두 나설 준비가 됐습니다. 여자라고 무시하지 마세요."

윤형숙의 당돌한 말에 단상에서 내려온 최병진이 다가왔다.

"여자라서 무시한 것은 아닙니다. 선생님 얘기대로 빼앗긴 나라를 되찾는 데 남녀가 어디 있겠습니까? 그리스도께서는 스스로를 희생해 세상 사람들을 구원했습니다. 그런 희생을 통해 세상 사람들을 구하고, 불평등한 세상을 바로잡으셨지요. 우리 모두 그리스도를 본받아서 세상을 구원하는 데 앞장서야 할 것입니다."

"감사합니다."

인사를 하고 자리에 앉은 윤형숙은 가슴이 두근거리는 걸 느꼈다. 내일의 만세시위는 단순히 빼앗긴 나라를 되찾는 것이 아니라 여성 역시 당당한 조선 사람으로 자리매김할 수 있는 기회가 될 수 있었기 때문이다. 참여 여부에 대한 확인이 끝난 이후에는 구체적인 준비로 논의가 넘어갔다. 최병진이 자신이 교사로 일하는 숭일학교 학생 일부에게 태극기와 독립선언서를 가지고 시위 행렬이 지나는 곳곳에 있다가 사람들에게 나눠 주고 호응을 유도할 것이라고 말했다. 오가는 얘기를 듣던 윤형숙은 문득 궁금한 게 생각나서 손을 들었다.

"저, 사람들에게 나눠 줄 태극기랑 독립선언서는 준비됐나요?"

그러자 최병진이 김복현을 바라봤다. 헛기침을 하며 일어난 김복현이 대답했다.

"경성에 올라갔을 때 독립선언서와 청원서 등을 받아서 가져왔습니다. 그리고 며칠 전부터 숭일학교와 다른 곳에서 등사기를 이용해서 독립선언서 인쇄에 박차를 가하고 있지요."

"그럼 그걸 어떻게 들고 갈 건가요?"

그녀의 물음에 다들 생각지도 못했다는 듯 제대로 대답하지 못했다. 윤형숙이 재차 나섰다.

"아무리 종이나 천으로 만들었다고 해도 수천 장이라면 무게가

만만치 않을 거예요."

윤형숙의 말을 들은 김복현이 고개를 끄덕거렸다.

"맞아요. 지금도 많아서 가마니에 넣어 둘 정도니까요. 들고 가다가 일본 순사들에게 빼앗기는 일이 벌어질 수도 있습니다."

"그럼 어찌하는 게 좋겠습니까?"

최병진의 물음에 윤형숙이 대답했다.

"미리 가져다 놓으면 어때요?"

"그러다 들키기라도 하면 어쩌려고요."

"아까 부동교 아래 작은 장터에서 시작할 거라고 하셨잖아요. 거기라면 주변이 다 모래밭이라서 파묻기 좋을 거예요."

윤형숙의 얘기에 최병진이 눈을 반짝거렸다.

"그러고 나서 때가 되면 파내서 사용하면 되겠군요. 당장 가져다 놔야겠습니다."

최병진과 김복현이 서둘러 문을 열고 나갔다. 그러다 발걸음을 멈춘 최병진이 남아 있는 참석자들에게 얘기했다.

"우린 내일 세 시에 장터에서 봅시다."

참석자들이 하나둘씩 나가는 것을 본 윤형숙이 진신애 선생님에게 말했다.

"부동교에 세 시까지 모이려면 두 시에는 학교에서 나가야 해요."

"그래야겠지."

"그때가 선생님 수업 시간이에요."

윤형숙의 얘기를 들은 진신애 선생님이 활짝 웃었다.

"참으로 좋은 우연의 일치네."


*1919년 3월 10일, 광주 수피아여학교*

약속 시각인 두 시가 다가오자 수피아여학교의 선생들과 학생들은 조용히 움직였다. 윤형숙은 최수향과 함께 미리 받아 놓은 독립선언서를 같은 반 아이들에게 나눠 줬다. 수업을 하던 진신애 선생님은 못 본 척 창밖을 바라봤다. 갑작스럽게 독립선언서를 받은 여학생들이 어리둥절해 하자 진신애 선생님이 교탁 밑에 미리 넣어 두었던 독립선언서를 꺼냈다.

"오늘은 수업보다 더 중요한 것을 해야 한다. 미리 말을 못 해서 미안한데 비밀을 지켜야 해서 어쩔 수 없었다."

여학생들이 술렁이는 가운데 진신애 선생님이 윤형숙을 교탁 앞으로 불렀다.

"시간이 없지만 독립선언서를 짧게 읽어다오."

"네. 선생님."

교탁 앞에 선 윤형숙이 심호흡을 하고는 독립선언서를 낭독하기 시작했다.

"우리는 이에 조선이 독립국이며, 조선인이 자주민임을 선언한다. 이 선언을 세계 온 나라에 알려 인류 평등의 크고 바른 도리를 분명히 밝힌다….”

윤형숙이 독립선언서를 힘차게 낭독하자 교실 여기저기에서 울음이 터져 나왔다. 일본인들에게 서러운 일을 당하지 않은 경우가 없었기 때문이다. 윤형숙도 눈시울이 뜨거워졌지만 애써 참으면서 계속 읽어 내려갔다. 그녀가 독립선언서를 다 읽고 나자 어느 틈에 머리에 끈을 질끈 동여 맨 최수향이 밤을 새워서 만든 작은 태극기를 학생들에게 나눠 줬다. 그 모습을 본 윤형숙이 흐느껴 우는 학생들에게 외쳤다.

“여기서 이렇게 흐느껴 운다고 빼앗긴 나라를 되찾을 수는 없습니다. 거리로 나가서 우리의 뜻을 밝힙시다.”

윤형숙의 말에 태극기를 나눠 주던 최수향이 가장 먼저 동조했다. 주먹을 불끈 쥔 최수향이 외쳤다.

“우리 모두 나가서 외쳐요! 조선 독립 만세!”

그 말이 끝나기가 무섭게 교실의 학생들이 모두 의자를 박차고 일어났다. 복도로 쏟아져 나온 학생들이 현관으로 몰려 나가자 교장실에 있던 구애라 선교사가 걱정스러운 표정으로 내려다봤다. 현관으로 나온 윤형숙이 외쳤다.

“교장 선생님! 죄송합니다!”

구애라 선교사는 괜찮으니까 어서 가라는 손짓을 했다. 정신없이 언덕길을 내려오던 윤형숙은 맞은편 언덕에서 내려오는 일단의 남학생들과 마주쳤다. 앞장선 박애순 선생님이 말했다.

"숭일학교 학생들이야. 최병진 선생님이 학생들을 데리고 나왔어."

"이제 부동교로 가면 되나요?"

"그래, 거기 가서 숨겨 놓은 태극기를 꺼내야 해. 장터가 열렸으니까 사람들이 많을 거야."

얘기를 듣고 서둘러 발걸음을 옮기던 윤형숙은 제일 앞에 최수향이 서 있는 것을 봤다. 가뜩이나 키가 큰데 머리에 끈을 둘러매고 있어서 너무 눈에 띄었다. 윤형숙은 그런 최수향에게 다가갔다.

"수향아! 뒤로 좀 빠져!"

"왜요? 언니."

"너무 위험해."

"오늘 나온 사람 중에 안 위험한 사람이 어디 있다고요."

신이 난 최수향은 큰 키가 더욱 도드라져 보이게 성큼성큼 앞서 나갔다. 윤형숙은 행진을 하는 수피아여학교와 숭일학교 학생들이 대부분 10대 중반이라는 것을 깨달았다. 이들이 다치기라도 하면 안 된다는 생각에 윤형숙은 걸음을 더욱 빨리했다. 신작로를 따라 광주 제중원이 있는 큰길로 나선 행렬은 만세를 더욱 크게 외치면서 광주천으로 향했다. 남학생과 여학생이 어깨를 나란히 하고 '조선 독립 만세'를 외치면서 걷자 지나가던 행인들이 어리둥절해 했다. 그러다가 일부는 학생들이 건네 준 태극기를 움켜쥐고는 행렬에 가세하기도 했다. 사람들의 열광적인 반응을 본 학생들은 홍분을 감추지 못했다. 큰 태극기를 흔들던 최수향이 감격에 찬 목소리로 윤형숙에게 말했다.

"언니! 사람들이 따라와요."

"그래, 우리 겁먹지 말고 가자."


한 무리의 학생과 어른들이 광주천에 도달하자 더욱 놀라운 풍경이 펼쳐졌다. 나무로 만든 부동교 아래 장터가 사람들로 뒤덮인 것이다. 그걸 보고 감격한 윤형숙은 만세를 부르면서 달려갔다. 그곳에서는 양림교회의 김필수 목사와 신도인 김복현 등이 태극기와 독립선언서를 나눠 주는 중이었다.

시장 입구 공터에는 사람들이 나무 궤짝을 단상처럼 쌓아 놨다. 그곳에 올라간 김복현이 태극기를 펼치자 사람들이 일제히 환호성을 질렀다. 지난 10년간 일본인들에게 무시당하고 억압받아 온 것에 대한 울분과 독립을 할 수 있다는 희망이 한데 어우러졌다. 부동교를 지나던 조선 사람들이 하나둘씩 내려와서 합류하자 군중은 삽시간에 늘었다. 학생들이 어제 모래밭 속에 숨겨 놨던 가마니를 꺼내서 안에 든 태극기를 나눠 줬다. 몇 달 전에 군고구마를 팔다가 순사에게 잡혀갔던 꼬마도 집게를 집어던지고는 태극기를 받아들었다. 그러고는 윤형숙에게 쪼르르 다가와서 물었다.

"이게 우리나라 국기인가요?"

"그래, 태극기라는 거야. 처음 봤니?"

윤형숙이 다정한 목소리로 묻자 사내아이는 코를 훌쩍거리면서 고개를 끄덕거렸다.

"이런 거 가지고 다녀도 괜찮은 거예요?"

"우리가 태극기를 들고 만세시위를 벌일 거야. 우리가 모두 같은 뜻이라는 걸 보여 주면 왜놈들은 버티지 못할 거란다."

"진짜요? 툭하면 순사한테 뺨 맞고 고구마를 뺏겼어요. 더 이상 그런 일을 겪지 않는 세상이 온다고요?"

"물론이지. 우리가 힘을 합치면 가능할 거야. 이름이 뭐니?"

"종혁이에요. 안종혁."

"내 이름은 윤형숙이란다. 태극기 열심히 흔들어야 한다."

"네, 고맙습니다."

태극기를 받아 든 안종혁이 신이 난 표정으로 사람들 틈으로 사라졌다. 그리고 김복현이 모여든 사람들에게 짧게 연설을 했다.

"우리는 4000년 역사를 가진 자랑스러운 민족입니다. 하지만 10여 년 전에 일본의 식민지가 된 아픔을 겪었습니다. 저는 그것이 분하고 억울해서 늘 하나님에게 우리 민족을 구원해 달라고 기도했습니다. 그러던 중 불란서의 파리에서 열리는 강화회의에서 민족자결주의가 발표됐는데 그 원칙에 의거해서 강대국에 병합된 국가가 독립을 했다는 소식을 들었습니다."

김복현의 외침에 모여든 군중들이 태극기를 흔들면서 '대한 독립 만세'를 외쳤다. 잠시 숨을 고른 김복현이 말했다.

"이에 우리가 일본의 지배를 받는 것을 원하지 않는다는 것을 전 세계에 알릴 기회입니다. 그러기 위해서는 모두 일치단결해서 독립을 외치도록 합시다."

김복현의 짧은 연설이 끝나자 군중은 학생과 신도들이 나눠 준 태극기를 흔들면서 만세를 외쳤다. 아까 흔들던 커다란 태극기를 높이 펼쳐 든 김복현이 장터가 있는 광주천 모래밭에서 다리 위로 올라왔다. 그리고 광주천을 따라 서문 방향으로 향했다. 서문 근처에는 일본인들이 모여 사는 본정이 있었다. 시위 군중은 삽시간에 1000여 명을 넘었다. 태극기를 흔들면서 만세를 불렀고, 없는 사람들은 모자를 벗어서 흔들거나 두 손을 높이 치켜들었다. 행진을 이끄는 앞쪽에서 만세를 외치면 뒤쪽으로 물결치듯 이어졌다. 서문으로 행진하는 동안 중간중간에 기다리고 있던 학생들이 태극기와 독립선언서를 나눠 줬다. 그러면서 대열은 점점 더 길어지고 거대해졌다. 아까 태극기를 건네받은 안종혁이 사람들 틈에 끼어서 열심히 만세를 부르는 걸 본 윤형숙은 벅차오르는 감동을 느꼈다. 그때 나란히 걷던 최수향이 앞쪽을 가리키면서 외쳤다.

"언니! 저쪽에서도 사람들이 몰려와요."

어제 오웬기념각에서 미리 얘기를 들었던 윤형숙이 빙긋 웃었다.

"광주 농업학교 선생님이랑 학생들일 거야."

"진짜요?"

"그래, 지산면 쪽에서는 농민들이 가세한다고 했어."

"광주 사람들 모두가 들고일어나는 거네요?"

"이제 독립도 멀지 않았어."

최수향이 기쁨에 겨워 펄쩍펄쩍 뛰면서 만세를 불렀다.


만세시위 행렬은 일본인들이 사는 본정으로 향했다. 기모노 차림으로 길을 걷던 일본 여인이 만세시위 행렬을 보고는 종종걸음을 치며 골목길 안쪽으로 숨었다. 조선 사람만 오면 파리채로 쫓아내던 레코드 가게의 일본인 점원도 입을 다물지 못했다. 만세시위 행렬이 본정을 가로질러 가는 동안 일본인들은 황급히 몸을 피하거나 상점의 문을 닫느라 법석을 떨었다. 윤형숙은 평소 조선인들을 벌레처럼 취급하던 일본인들이 전전긍긍하는 모습을 보고는 웃음을 참지 못했다.

"영원히 주인 행세를 할 줄 알았지. 천만의 말씀이야."

윤형숙이 속한 만세시위 행렬은 본정을 가로질러 북문 밖 자동차조합이 있는 곳까지 향했다. 거기에서 누문리 쪽에서 소식을 듣고 달려온 농민들과 합세하면서 행렬은 더욱 커졌다. 선두에 선 김복현이 부르짖었다.

"이제 되돌아가서 저들에게 우리의 의지를 보여 줍시다!"

거대해진 만세시위 행렬은 다시 본정으로 방향을 틀었다. 시간이 제법 흘렀지만 아무도 지치거나 힘들어하지 않았다. 땀을 뻘뻘 흘리면서 열심히 만세를 부르던 윤형숙은 우체국 근처에 도달한 대열이 멈춰선 것을 느꼈다. 사람들을 헤치고 제일 앞으로 나서자 우체국 앞을 가로막고 있는 것들이 보였다. 윤형숙을 따라 앞으로 나온 최수향이 물었다.

"저기 누구예요?"

"기마 헌병대랑 순사들이야. 그리고 다른 일본인들도 있는 것 같아."

일렬로 늘어선 말과 그 위에 탄 헌병들의 살벌한 눈초리와 곡괭이와 몽둥이, 긴 장대를 든 일본인들의 성난 표정이 보였다. 윤형숙은 서둘러 최수향을 떠밀었다.

"어서 뒤로 가!"

"싫어요. 여기 있을래요."

둘이 옥신각신하는 사이, 기마 헌병대 대장이 앞으로 나서서 서툰 조선어로 외치는 소리가 들렸다.

"조센징들에게 고한다. 너희는 지금 불법적인 폭동을 벌이고 있다. 당장 해산하라! 해산하지 않으면 엄중히 처벌하겠다!"

협박을 받은 만세시위 행렬에서 동시다발적으로 외침이 터져 나왔다.

"무슨 권리로 우리보고 해산하라고 하느냐!"

"왜놈들은 물러가라! 우리는 독립할 것이다!"

"유리창 하나 깨지 않았는데 무슨 폭동인가!"

"조선 독립 만세! 대한 독립 만세!"

만세시위 행렬이 전혀 해산할 기미를 보이지 않자 기마 헌병대 대장이 허공에 대고 권총 방아쇠를 당겼다. 그걸 신호로 기마 헌병대가 움직이기 시작했다. 윤형숙은 땅을 울리는 말발굽 소리에 온몸이 그대로 굳어 버렸다.

집채만 한 말들이 빠른 속도로 달려오자 시위를 하던 사람들 사이에서 비명이 터져 나왔다. 앞장서서 시위를 이끌던 김복현과 양림교회 신도들이 두 손을 흔들면서 막아섰지만 소용이 없었다. 거대한 말들의 파도에 삽시간에 사람들이 쓸려 나갔다. 말들에게 떠밀린 사람들은 길옆으로 나뒹굴었다. 말을 탄 헌병들이 그렇게 만세시위 행렬을 부숴 버리자 대기하고 있던 순사들과 일본인들이 몽둥이와 목검 같은 것으로 쓰러진 사람들을 두드려 패고, 걷어찼다. 만세 소리가 울려 퍼지던 우체국 앞은 삽시간에 비명과 신음 소리로 가득했다. 누군가에게 떠밀려서 넘어졌던 윤형숙은 겨우 몸을 일으켰다. 바로 옆으로 헌병을 태운 말이 질주하자 흙먼지가 일었다. 콜록거리면서 주변을 살핀 윤형숙의 눈에 사방에서 피를 흘리며 쓰러지는 사람들이 보였다. 장터에서부터 따라온 안종혁이 왼쪽 목덜미에서 피를 흘린 채 울고 있었다.

"이럴 수는 없어."

그녀는 평화로운 시위대에게 이런 무자비한 폭력이 쏟아지는 것을 받아들이기 어려웠다. 혼란스러운 와중에 최수향이 일본 순사가 휘두른 몽둥이에 머리를 강타당하고 쓰러지는 게 보였다. 피를 뿜으면서 쓰러진 최수향에게 다가간 윤형숙이 외쳤다.

"수향아! 괜찮아?"

"어, 언니."

최수향의 머리 한쪽에서 피가 펑펑 쏟아지면서 하얀 저고리를 적셨다. 윤형숙은 최수향을 다른 여학생에게 맡겨 뒤로 보냈다. 그리고 최수향이 떨어뜨린 태극기를 집어 들고는 길 한복판으로 나섰다. 온통 비명이 들려오는 가운데 윤형숙은 왼손에 태극기를 들고 두 팔을 높이 치켜든 채 있는 힘껏 외쳤다.

"조선 독립 만세! 대한 독립 만세!"

그녀의 외침이 혼란스러운 주변에 울려 퍼졌다. 기마 헌병대의 말발굽을 피하기 위해 전전긍긍하거나 몽둥이세례를 피하기 급급했던 사람들이 길 한가운데 꿋꿋하게 서서 만세를 외치는 윤형숙의 모습을 보고 용기를 얻었다. 윤형숙 주위로 피투성이가 된 사람들이 모여서 다시 만세를 불렀다. 윤형숙은 목청이 터져라 외치면서 모여든 사람들과 눈을 마주쳤다. 평범한 삶을 살고 있지만 그 안에 일본의 지배에 대한 울분을 품고 있던 그들은 모두 같은 눈빛을 주고받았다.

"우리 모두 마지막까지 힘내요!"

그녀의 말에 양림교회 신도로 보이는 사내가 고개를 끄덕거리는 것을 시작으로 다들 힘차게 고개를 끄덕거렸다. 흩어질 것 같던

사람들이 윤형숙을 중심으로 다시 뭉칠 기미를 보이자 기마 헌병
대 대장이 다가왔다.

"어이! 계집년! 만세를 부르는 걸 당장 멈춰라!"

윤형숙이 아무 대답 없이 노려보자 그는 허리에 차고 있던 칼을
뽑아 들었다. 주변 사람들 모두 얼어붙은 가운데 윤형숙이 기마 헌
병대 대장 앞으로 걸어갔다. 그리고 오만한 표정으로 자신을 내려
다보는 그를 올려다봤다. 기마 헌병대 대장이 칼끝을 겨누면서 재
차 말했다.

"죽고 싶지 않으면 당장 그만둬라!"

윤형숙은 천천히 두 팔을 높이 들고 단호한 목소리로 외쳤다.

"조선 독립 만세! 왜놈들은 물러가라!"

얼굴이 일그러진 기마 헌병대 대장이 칼을 높이 치켜들었다가
내리쳤다. 죽을 각오를 하고 있던 윤형숙은 눈을 질끈 감았다. 주
변에서 비명이 터져 나왔다. 눈을 뜬 윤형숙은 태극기를 쥐고 있
던 왼쪽 팔이 땅바닥에 떨어진 걸 봤다. 팔꿈치에서는 피가 분수처
럼 쏟아졌다. 경악과 두려움으로 입을 다물지 못하는 주변 사람들
과 득의양양한 표정을 짓고 있는 기마 헌병대 대장의 얼굴이 스쳐
지나갔다. 어지러움을 잠시 느꼈던 윤형숙은 아랫입술을 질끈 깨
물었다. 그리고 허리를 굽혀서 잘린 왼쪽 손이 쥐고 있던 태극기를
오른손으로 집어 들고는 다시 외쳤다.

"대한 독립 만세!"

윤형숙의 결기에 찬 행동에 기마 헌병대 대장은 크게 당황했다. 그런 그에게 윤형숙이 한 발 다가가서는 단호하게 말했다.

"나는 비록 한 팔을 잃었지만 남은 팔로 만세를 외칠 것이다."

놀란 말이 앞발을 치켜들자 고삐를 잡고 겨우 멈춰 세운 기마 헌병대 대장이 얼이 빠진 표정으로 내뱉었다.

"칙쇼!"

기마 헌병대 대장이 말머리를 돌려서 사라지자 윤형숙은 남은 오른팔로 태극기를 흔들면서 만세를 불렀다. 흙먼지를 잔뜩 뒤집어 쓴 박애순 선생님이 다가왔다.

"형숙아! 팔은 어떻게 된 거야!"

"왜놈들이 잘랐어요. 하지만 전 괜찮아요."

괜찮다며 윤형숙이 주저앉자 박애순 선생님은 저고리를 벗어서 황급히 잘린 왼팔을 감쌌다. 그러면서 울먹거렸다.

"피, 피가 멈추지 않아. 형숙아! 정신 차려!"

"괜찮아요. 선생님."

대답은 그렇게 했지만 윤형숙은 차츰 정신을 잃었다.


*1919년 3월 11일, 광주경찰서*

지하 유치장에서 조사실로 끌려 나온 윤형숙이 자리에 앉자마자 먼저 앉아 있던 검은 제복 차림의 일본 순사가 거친 일본어로 호통을 쳤다. 도리우찌라고 불리는 헌팅캡에 멜빵바지 차림의 조선인 순사 보조원이 옆에 서 있다가 통역했다.

"신분을 보니 여학교 학생이던데 어찌하여 불령선인들의 폭동에 휩쓸렸는가?"

잘려져 나간 왼쪽 팔은 박애순 선생님의 저고리로 꽁꽁 싸매어 있었지만 피가 계속 배어 나왔다. 하지만 순사들은 약을 주거나 치료를 해 주지 않았다. 이를 악물고 고통을 참은 윤형숙이 대답했다.

"휩쓸린 게 아니라 처음부터 가담했고, 폭동이 아니라 평화로운 시위였다."

"법령을 위반하고 유언비어를 퍼트려서 대규모 시위를 벌인 것이 바로 폭동이다."

순사 보조원의 호통에 윤형숙이 싸늘한 눈으로 노려보면서 대답했다.

"우리의 정당한 주장을 외친 것이 어찌 폭동이란 말인가? 폭동은 오히려 일본인들이 일으켰다."

"뭐라고?"

순사 보조원의 반문에 윤형숙이 말했다.

"우리는 수천 명이 행진을 했지만 유리창 하나 깨지 않았다. 하지만 일본인들은 빈손으로 평화롭게 만세를 부르던 조선 사람들을 칼과 몽둥이로 구타하고 말발굽으로 짓밟았다. 심지어 어린 여학생까지 다치게 만들었으니, 그것이 폭동이 아니고 무엇인가?"

윤형숙의 당당한 태도에 순사 보조원이 질렸다는 표정을 지었다. 맞은편에 앉아 있던 일본 순사가 바라보자 순사 보조원이 빠른 말로 통역을 했다. 어이없다는 듯 일본 순사가 고개를 절레절레 저었다. 그러고는 순사 보조원을 바라봤다. 헛기침을 한 순사 보조원이 윤형숙에게 물었다.

"이 폭동의 배후는 누구인가? 아는 대로 말하면 선처해 주겠다."

"배후는 2000만 조선 동포들이다."

단호한 윤형숙의 말을 순사 보조원이 그대로 옮기자 일본 순사는 자리를 박차고 일어났다. 그리고 윤형숙의 뺨을 때리고 머리를 움켜쥐고 이리저리 흔들어 대면서 소리를 질렀다. 윤형숙은 이를 악물고 참았다. 손을 놓은 일본 순사가 자리에 앉는 사이 순사 보조원이 물었다.

"대답해라. 양림교회의 목사인가? 수피아여학교의 교장인가?"

"배후는 2000만 조선 동포들이라고 이미 말했다."

코에서 흘러내리는 피가 지저분해진 저고리에 뚝뚝 떨어지는 것이 느껴졌다. 저고리에 번지는 선혈을 보면서 정신을 차린 윤형숙에게 배후를 묻는 질문이 계속 이어졌지만 대답은 같았다. 결국 먼저 지친 것은 일본 순사였다. 끌고 가라는 눈짓을 하자 순사 보조원이 윤형숙의 머리채를 잡고 일으켰다. 그때 일본 순사가 뭔가 생각이 난 듯 입을 열었다. 그녀의 머리채를 움켜쥔 순사 보조원이 물었다.

"네 이름이 무엇이냐?"

윤형숙은 잠시 숨을 쉬었다가 대답했다.

"내 이름은 윤혈녀다."

"뭐라고?"

순사 보조원의 반문에 그녀는 잘린 왼팔을 보여 주면서 대답했다.

"조국의 독립을 위해 피를 흘려서 '혈녀'라는 이름을 얻었다. 앞으로 나는 윤혈녀다."

당당한 그녀의 말에 일본 순사는 아무 대꾸도 못 하고 자리에 앉았다. 순사 보조원에게 끌려 나가던 윤형숙이 외쳤다.

"조선 독립 만세! 일본은 물러나라!"

고개를 절레절레 저은 일본 순사는 자리에 앉아서 심문 보고서를 작성했다. 그리고 제일 아래 이름을 적는 칸에 잠시 고민을 하다가 적었다.

**윤혈녀**(尹血女)

*1950년 9월 28일, 여수*

과거를 떠올리던 그녀는 하늘을 가르는 비행기 소리에 퍼뜩 정신을 차렸다. 비행기 소리가 들려오자 처형을 하기 위해서 자갈밭을 내려오던 인민군들이 뿔뿔이 흩어져서 몸을 숨겼다. 비행기 엔

진 소리가 사라지자 숨어 있던 인민군들이 하나둘 모습을 드러냈다. 아까 그녀에게 말을 건넸던 인민군 군관이 다가왔다. 손에 든 담배꽁초를 자갈밭에 버리고 목이 긴 가죽 장화로 비벼서 끈 그가 물었다.

"이제 시간이 없소. 동무."

윤혈녀는 한숨을 쉬면서 몸을 일으켰다. 그러고는 집단 학살이 벌어지고 있는 과수원 쪽을 바라봤다.

"제가 가야 할 길은 저쪽 같습니다그려."

뭔가 말을 하려던 인민군 군관이 한숨을 쉬면서 돌아섰다. 그러자 그의 왼쪽 목덜미에 긴 상처가 있는 게 보였다. 비로소 그가 누구인지 눈치챈 윤혈녀가 빙그레 웃었다.

"오랜만입니다."

그녀의 얘기를 들은 인민군 군관은 자신의 왼쪽 목덜미에 난 상처를 손으로 쓸면서 씁쓸하게 웃었다.

"잘 가시오. 그날의 모습은 두고두고 기억하겠소."

가볍게 고개를 숙인 윤혈녀는 과수원으로 끌려갔다. 같이 끌려가는 사람들이 두려움에 떠는 모습을 본 그녀는 30여 년 전 목소리 높여 만세를 외쳤던 것처럼 찬송가를 불렀다. 사이드카가 있는 곳으로 걸어가던 인민군 군관 안종혁은 그녀의 노랫소리를 들으며 차마 발걸음을 떼지 못했다. 잠시 후, 그녀가 끌려간 자갈밭 너머 과수원에서 요란한 총성이 울려 퍼졌다.

# 광주 만세운동, 그리고 그 후

광주에서는 4월 말까지 만세시위가 벌어졌다. 광주에서의 시위
는 양림교회와 개신교 계통의 광주 제중원 관계자, 숭일학교와 수
피아여학교 교사와 학생 등 개신교에서 적극적으로 주도하고 참
여했다.

광주의 만세시위는 1919년 2월 8일 도쿄에서 벌어진 유학생들
의 2·8독립선언 소식이 전해지면서부터 시작됐다. 원래 3월 8일
에 시위를 벌일 예정이었지만 더 철저하게 준비하기 위해 3월 10
일로 미뤄졌다. 개신교 신자들과 학생들이 주도했고, 광주 주민들
의 호응을 받았다. 광주우체국 앞에 집결한 일본 순사와 헌병대는
시위대를 해산시키기 위해 무수한 폭행을 가했으며 재향군인회와
소방대 소속의 일본 민간인들도 가담했다. 그 와중에 약 100여 명
이 체포됐으며 윤형숙의 팔도 이때 잘린 것으로 보인다.

만세시위 중에 한쪽 팔이 잘리고 체포된 윤형숙은 징역 4개월을 선고받고 복역했다. 이때 '윤혈녀'라는 이름을 사용했다. 조선총독부 검사의 기소장에도 윤혈녀라는 이름으로 기재됐다. 수감돼 있는 동안 심한 고문을 받아서 양쪽 눈도 시력이 크게 약화됐다. 출소 이후 유치원 강사와 전도사로 일하면서 아이들을 돌봤다. 안타깝게도 한국전쟁이 발발하고 인천상륙작전으로 전황이 불리해진 인민군에 의해 여수에서 총살됐다.

윤형숙과 동급생이었던 최수향 역시 시위에 가담했다가 징역 4개월을 선고받았다. 심문 과정에서 머리에 큰 상처를 입기도 한 그녀는 출소한 후에 정신여학교를 졸업하고 모교인 수피아여학교로 돌아와서 교사로 일했다. 기자인 남편을 따라 기자로도 활동한 그

수피아홀

녀는 1984년 세상을 떠났다. 사망한 그해에 아들이 최수향의 재판 판결문을 발견하면서 사후에 독립유공자로 인정받았다.

수피아여학교 교사였던 박애순은 만세시위를 주도한 혐의로 1년 6개월 형을 선고받았다. 광주에서 일어난 만세시위로 체포된 사람들 중에서 가장 높은 형량을 받은 것은 적극적으로 만세시위에 가담했기 때문으로 보인다. 같은 여학교 교사로 만세시위에 가담한 진신애는 징역 10개월을 선고받았다.

수피아여학교는 1908년 광주에서 목회 활동을 하던 유진 벨 목사가 세웠다. 1911년에 미국인 스턴스가 일찍 세상을 떠난 여동생 제니 수피아를 기리기 위해 수피아홀을 지어 주면서 수피아여학교라는 명칭을 사용했다. 1919년 3·1운동에 교사와 학생들이 적극 가담해서 스물세 명이 체포되기도 했다. 1937년 일본의 신사 참배 강요를 거부하면서 폐교됐다가 광복 후에 다시 문을 열었다.

시위가 벌어지기 직전 주동자들이 모인 양림리기념각은 정황상 1914년에 지어진 오웬기념각으로 추정된다. 광주에서 목회 활동을 하다가 1909년 과로로 인해 사망한 클레멘트 오웬과 그가 존경했던 할아버지 윌리엄을 기념하기 위해 지어졌다. 현재 광주 유형문화재로 지정돼서 보존 중이다.

# 열다섯, 홍련

1919년 3월 21일
#제주도 조천

**신여랑**  전라북도 완주에서 태어났고, 지금은 제주도에 살고 있다. 한동안 글을 쓰지 못했다. 그러나 쓰고 싶긴 했다. 생각해 보면 쓰지 못함과 쓰고 싶음, 그 사이 어딘가에서 늘 헤맸고 앞으로도 그럴 것이다. 2006년《몽구스 크루》로 사계절문학상 대상을 받으며 등단했다. 지은 책으로는《몽구스 크루》,《이토록 뜨거운 파랑》,《자전거 말고 바이크》,《믿을 수 없는 이야기, 제주 4·3은 왜?》(공저) 등이 있다.

열다섯 홍련에게 바다는 괴이쩍은 것이었다.

아주 멀리 달아나고 싶은데,

성안의 누구처럼 육지로 나가 영 다르게 살고 싶은데,

바다라면 돌아보기도 싫어야 하는데, 불쑥불쑥 물속이 떠올랐다.

세부측량(토지조사사업) 때 뺏긴 밭에 넋 놓고 쓰러진 할머니를 등에 업고 오면서도,

오사카로 가 버린 오라비에게 할머니 성화에 못 이겨 더듬더듬 편지를 쓰면서도,

가끔 나가는 사숙(글방) 교실에 앉아 박 선생에게 글을 배우면서도, 애가 달았다.

두 해 전 물질 나간 어머니가 바다에서 숨을 놓았고, 그보다 먼

저 배를 타고 바다로 나간 아버지가 돌아오지 못했건만, 자신은 날마다 그 바다에 나가지 못해 안달을 부렸다. 바다가 가까울수록 숨이 제대로 열렸다. 어머니가 아끼던 궷눈(물안경)을 쑥 한 줌으로 쓱쓱 닦아 쓰고, 어머니가 전복을 땄을 빗창을 허리춤에 차고 온몸을 빙그르 말아 물속에 밀어 넣을 때면 가슴이 뻐개지듯 벅차올랐다. 물속은 땅 위보다 환했고, 물속에 있을 때는 근심이 사라졌다. 세상 끝까지 갈 수 있을 것만 같았다. 눈보라 치는 한겨울 추위도 따라오지 못했다. 그러나 언제까지고 물속에 있을 수는 없는 일이었다. 물에서 나와 찬바람에 떨며 불턱에 앉아 몸을 말리고, 갯가 자갈 틈에 숨은 깅이(작은 게)를 잡거나 해초를 뜯을 때면, 어머니도 혹시 물속에서 나오고 싶지 않았던 건 아닐까? 하는 의심이 홍련을 덮쳤다.

거센 바람에 물속이 흐리고 가장 차가워진다는 영등달(음력 2월)에도 홍련의 물질은 계속됐다. 어머니도 물질을 쉬던 때였다. 어쩌다 전복을 캐도 속이 비어 있기 일쑤였지만, 홍련은 개의치 않았다.

"너도 물속에서 죽고 싶으냐?"

마을 해녀 상군 아주머니의 호통도 소용없었다.

"쯧쯧, 저 아이를 어쩔 거?"

"어쩌긴 뭘 어째! 독한 아이니 알아서 잘살 테주."

"그러게, 물질하다 죽은 제 어멍(어머니) 보고도 눈물 한 방울 안 흘렸주."

"사람이 너무 놀라면 눈물도 안 나오는 거라."

"저 아이 아방(아버지) 죽은 건 어떻고."

"그야 왜인 머구리배가 들이받아 그리된 거지, 어미 배 속에 있던 홍련이 탓을 해."

"아이고 누가 뭐라나? 내 말은 아방 얼굴도 못 보고 자란 홍련이가 불쌍타 그거라."

"저 아이네만 그런가. 조합비, 수량비. 왜인들 등쌀에 집집마다 등골이 휘는구먼."

이러쿵저러쿵 홍련을 두고 말이 많았다. 불쌍히는 여겨도 가까이 두기는 꺼렸다. 그런 홍련을 아무렇지도 않게 하대하는 건 애순이 유일했다. 홍련보다 세 살 위인 애순은 조천 포구를 통해 들어오는 온갖 풍문을 홍련에게 들고 왔다. 이야기를 안 들어 줄 듯, 꼼꼼하게 들어 주는 홍련이 만만하고 좋았다.

"아이고야, 물질이 그렇게 좋으냐? 조천 해녀 대상군 났네!"

애순은 영등달에도 물질을 다니는 홍련을 찾아와, 농을 걸었다.

"몰라서 물으멘."

"아이고야 성깔머리하고는, 요거나 먹어라. 뜨끈뜨끈한 침떡(시루떡)이다."

애순이 떡이 든 구덕을 건넸다. 애순은 빈손으로 오는 법이 없었다. 범벅이든 뺏데기든 일본 과자든 꼭 먹을 것을 가져왔다. 정신이 오락가락하는 할머니와 둘이 사는 홍련의 처지를 번연히 알기 때문이다.

"오늘은 또 무슨 허풍? 하려면 어서 합서."

홍련은 애순이 하루가 멀다고 찾아오는 이유가 그것이라 여겼다. 애순의 아버지는 작은 상선을 가지고 있었는데, 성안 오일장 물건도 박종실 상점 물건도 '죄다 우리 아버지 배로 온다'고 허풍을 떠는 게 애순이었다.

평소 같으면 허풍이라는 말에 버럭 했을 애순이 웬일로 목소리를 낮췄다.

"있잖아."

듣는 귀도 없는데 속삭이듯 말했다. 아버지가 성안 누구누구에게 전하라는 편지에 깜짝 놀랄 만한 내용이 적혀 있었다고 했다.

"너도 임금님 죽은 건 알지?"라고 시작한 애순의 이야기는 이랬다.

국장 전전 날 경성에서 난리가 났다. 잘난 양반들이며 학생이며 기생들이며 조선 사람이란 조선 사람은 거리로 튀어나와 죽어라 '조선 독립 만세'를 불렀다. 왜놈들이 총을 쏘고 때리고 잡아가도 계속 불렀다. 왜놈들이 만세 못 부르게 하려고 경성에 있는 학교 문도 다 닫았다. 인편으로 선편으로 벌써 소문이 났다. 그러니까 제주에서도 아는 사람은 다 아는 것이다. 아마 주재소 간다 순사부장도 다 알고 있을 거다. 그래서 눈알에 힘주고 포구를 돌아다니는 거다.

홍분한 애순이 손짓발짓 섞어 가며 목청을 돋웠으나 홍련은 별 감흥이 없었다. 조선? 조선 사람? 독립? 그게 그리 중한가? 사숙 박 선생도 걸핏하면 조선 사람임을 잊지 말라 했다. 홍련은 대체 왜 그래야 하나 싶었다. 조선에서 태어나 조선 덕이라도 본 사람이라면 모를까, 아무리 생각해도 홍련 자신은 덕이라고는 병아리 눈곱만큼도 본 적 없었다.

"그이들은 왜 그리 죽을 둥 살 둥 만세를 부르는 거라?"

한없이 길어지는 애순의 이야기를 자를 요량으로 홍련이 물었다.

"뭐라? 그야 왜인들 쫓아내려고 그러는 거지. 그걸 몰라 물어?"

"대체 누가 그래요? 왜인들이 만세가 무서워서 도망간다고?"

홍련의 타박에 애순이 눈을 흘겼다.

"아이고야, 안 그러면 경성 양반님네들이 왜 만세를 부를 거라? 사숙 생도가 것도 모르멘?"

애순이 홍련을 향해 눈을 부라렸다. 홍련의 기세가 수그러들자, 애순이 말했다.

"그런데 말이야, 갸이들도 만세를 불렀을까?"

애순이 양손을 모으고 게슴츠레 눈을 떴다.

"장환이랑, 내가 장환이 얘긴 많이 해 줘서 알지? 경성에서 휘문고보 다니는. 그리고 또 신성여학교 1회 졸업생 갸이들. 내가 진짜 갸이들 경성 유학 간 거 알고 엄청 부러워했는데. 나도 갸이들 학교 다닐 때 잠깐 다녔잖아. 수녀 선생 무서워서 그만뒀지만. 갸이들 이름이 뭐였드라? 내가 옛날에 말해 주지 않았던가? 기억 안 나?"

애순이 제 풀에 겨워 발을 동동 굴렀지만 홍련은 입을 꾹 다물고 있었다. 평소 같으면 '그놈의 장환이 타령 지겹지도 안허우과!'라고 딱 자른 뒤에 프랑스 신부가 세운 그 여학교는 언니가 너무 멀다고 안 다니겠다고 한 거고, 하고 바로잡아 주었을 텐데.

*

홍련이 애순의 만세 이야기를 듣고 있을 무렵, 장환은 목포 부둣가를 헤매고 있었다. 이전의 귀향길 같았으면 코에 갯바람만 스쳐도 얼굴이 펴지고 웃음기가 돌았을 텐데 그날은 달랐다. 쫓기는 사람처럼 안색이 굳어 있었다. 목포 개항 이후 요릿집과 잡화점, 시계점 같은 일본인 상점이 들어선 조계지를 지나 부두로 오면서도 불안한 듯 두리번거렸다. 일본 배에 실을 쌀을 포장해 지게로 실어 나르는 조선인 지게꾼 두엇과 눈이 마주쳤을 때도 괜스레 두어 발짝 물러서 돌아섰다.

"어이, 이보게! 어딜 찾는가?"

장환의 모습을 이상하게 여긴 지게꾼 중 하나가 불러 세우자,

"아니요, 아닙니다."

후닥닥 도망쳤다.

아무도 이상하게 보는 사람이 없는데 스스로 이상하게 보이게 군다는 것을 장환도 알고 있었다. 그러지 않으려고, 의연하고 침착하게 행동하려고 다짐했지만, 번번이 다짐은 행동이 되지 못했다. 두 번이었다. 경성역에서 한 번, 대전역에서 한 번. 행선지를 묻는 헌병에게 잡혔고, "제주가 집인데 휴교령이 내려 귀향하는 중이오"라고 답했다. 헌병이 한 손으로 허리에 찬 권총을 만지작거리며 흠 소리를 냈다. 짧은 순간이었다. 당장이라도 그가 권총을 꺼내 가슴팍을 밀며 "이 안에 있는 건 뭔가?"라고 할 것 같았다. 몸을 뒤져 독립선언서를 꺼내 코앞에 대고 흔들 것 같았다. 쿵쿵 가슴이 뛰기 시작했다. 그자의 눈을 똑바로 쳐다보고 싶은데, 고개가 아래로 떨어졌다. 군복 바지의 붉은 줄만 뚫어져라 쳐다보았다. 바싹바싹 침이 말랐다. 물론 아무 일도 일어나지 않았다. 잠시 뜸을 들이던 헌병은 장환을 보내 주었고, 장환은 뚜벅뚜벅 역사 안으로 걸어 들어갔다. 그게 전부였다. 그런데 그 뒤로 이렇게 얼빠진 사람처럼 허둥대는 것이다.

부둣가에서 헤매던 장환이 조천 가는 제주 사람 배에 오른 것은 해질 무렵이었다.

"그리 청하니 우리 배에 태워 주긴 하오만…"

승선을 허락한 사내가 장환을 아래위로 훑어보았다. 장환은 약속한 대로 1원짜리 지폐 석 장을 내밀었다. 목포와 제주를 오가는 정기 기선 삼등 선실 요금에 준하는 돈이었다.

"불편하다 탓하지 마시오."

사내가 장환을 선실 화물칸으로 안내했다.

"아닙니다. 고맙습니다."

화물 사이에 끼어 앉은 장환은 파도에 울렁거리는 속을 달래며 불편한 몸을 이리저리 뒤척였다. '잘된 것이다. 이제 도착해 숙부님만 찾아뵈면 될 일이다.' 장환은 그리 생각하려 애썼다. 까무룩 잠이 들었다. 검푸른 달빛이 선창에 비껴들기 시작할 무렵 장환은 신음 소리와 함께 깼다. 식은땀이 찬 등판이 척척했다.

'아버지가 이 꼴을 보시면 뭐라고 하실까?'

장환의 아버지는 동경 유학 시절부터 조선 유학생들의 모임을 주도하며 일본 경찰에 의해 요시찰인물로 감시를 받아 왔다. 그 탓에 장환은 아버지를 자주 만날 수 없었다. 하지만 지난해 하숙집으로 찾아온 아버지를 만난 뒤부터 아버지를 한시도 잊은 적이 없었다. 그날 장환은 그즈음 남모르게 빠져 있던 소설, 이광수의 〈무정〉을 읽고 있었다. 《매일신보》에 연재될 때도 본 것이지만 단행본으로 읽자니 더 깊이 빠져들었다. 주인공 형식이 돼, 자유연애를 하는 달콤한 망상. 그것은 어떤 것보다 강하고 유혹적이었다. 그런데 그날 아버지가 찾아온 것이다. 근 반년 만에. 아버지는 장환을 종로 요릿집으로 데려가 생전 처음 술을 사 주며, "이제, 너도 어엿한 조선의 사내가 됐구나" 하고는 조용히 웃었다. 그뿐이었는데, 무엇을 공부하고 무슨 생각을 하는지 묻지 않는데 장환은 얼굴이 시뻘겋게 달아올랐다. 아버지가 헤어지기 전에 건넨 〈청년에게 호소함〉이란 필사본은 한동안 펼쳐 보지도 못했다. 그때부터였을 것이다. '조선의 사내'라는 말이 가슴에 돌처럼 들어앉은 것은.

'고작 사흘 만에 이리되다니.'

장환은 경성에서의 일이 까마득하게 느껴졌다. 경성에서는 두려움이라곤 없었다. 탑골공원에서 만세를 부를 때도, 동급생들과 밤새워 '다시 조선 독립의 만세를 부르자. 태극기를 들고 남대문에 집결하자' 삐라(전단)를 만들어 남대문 종로 등지의 민가에 뿌릴 때도, 우편국 앞에서 헌병의 총에 맞아 다친 학우를 구출해 민가로 숨어들어 도움을 청할 때도, 제주에서 올라온 유학생 몇몇이 체포됐다는 얘기를 들었을 때도 억울하고 분한 마음에 치를 떨었을 뿐이다.

온몸을 웅크리고 무릎 사이에 얼굴을 묻은 장환의 머리 위로 달빛이 쏟아졌다. 선실 어디선가 갉작갉작 무언가를 갉아 대던 생쥐한 마리가 쏜살같이 장환 곁을 지나갔다.

\*

이른 아침, 할머니 놋요강을 비운 홍련은 허벅 물구덕을 지고 나가 산물(용천수)을 길어 오고, 굴묵(아궁이) 청소를 하고, 정지(부엌) 솥덕에 불려 놓은 묵은 보리쌀 한 줌과 곱게 빻아 체에 거른 깅이를 넣고 깅이죽을 끓였다. 아침에는 죽을 안 먹는 것이라 하지만 할머니가 좋아하고 요사이 흔한 깅이니 이만한 아침상이 없었다. 이제 밥상머리에서 할머니만 단속하고 나가면 될 일이다.

"다시 밭에 가면 내가 주재소 순사 불러다가 할머니 잡아가라고 할 거라!"

좋아하는 걸 해 줬건만 할머니는 건성으로 숟가락질을 했다.

"내 말 들었어? 안 들었어?"

홍련이 다그치자 깅이죽을 사발째 들고 후룩후룩 마시고는 상 위에 탕 소리가 나게 내려놓았다.

"이년아, 아무리 할미가 미워도 왜놈한테 할미를 팔아!"

할머니의 서슬에 홍련이 움찔했다. 홍련은 잠자코 죽 사발에 숟가락을 넣었다. 밭을 찾고 싶은 것은 홍련도 마찬가지였다. 어머니가 그 밭을 얼마나 귀히 여겼는지 기억하고 있었다. 보리 씨앗을 뿌리고 마을 사람들을 불러 밭 밟기를 하던 날, 어머니는 쌀밥에 고사리 반찬을 해서 대접하고, 고사를 지냈다. 명절에나 먹는 쌀밥이었다. "홍련아, 잘 봐 두라. 여기가 우리 밭이다. 네 밭이고 내 밭이다." 어머니는 세상 부러울 것 없는 사람처럼 웃었다.

"오라비한테 답장은 왔시냐?"

불쑥 할머니가 그랬다. 할머니는 정신이 들 때면 오라비를 찾았다.

오라비가 뭐가 좋다고 저러나 모를 일이다. 돈 벌러 간다는 편지 한 장 달랑 써 놓고 함경환 뱃삯으로 할머니가 꼬깃꼬깃 숨겨 둔 돈까지 훔쳐서 오사카로 갔는데. 홍련은 이렇다 저렇다 대답하기 귀찮아 못 들은 척 눈을 내리깔았다.

할머니가 재차 오라비한테 답장이 왔냐고 채근을 하자, 홍련은 버럭 성질을 부렸다.

"왔으면 어쩔 건데? 글도 못 읽으면서."

"아이고 저년 말본새 보라."

할머니도 만만치 않았다.

"상은 할머니가 치웁서."

홍련은 벌떡 일어나 휑하니 나가 버렸다.


홍련이 집을 나와 향한 곳은 사숙 박 선생의 집이었다. 어젯밤부터 묻고 싶은 것이 있었다. 조선도 조선의 독립도 중요하지 않았다. 하지만 "안 그러면 경성 양반님네들이 왜 만세를 부를 거라?" 애순의 그 말이 귓가를 맴돌았다. 꼬리에 꼬리를 물고 다른 생각이 이어졌다. 애순의 만세 이야기가 어디까지 참인지 알 수 없었으나 무슨 일이 있는 것은 분명했다. 참이라고 치면 어떻게 되는 건가? 왜인들이 제 나라로 돌아가나? 연북정에 떡하니 주재소를 차린 왜인들이? 아버지를 죽이고, 임자 있는 밭을 신고가 잘못됐다고 빼앗아 간 왜인들이? 만세를 부른다고? 하지만 만약에 그리되면? 우리 밭도 찾을 수 있는 건가? 홍련에게는 그것이 가장 중요했고, 누군가에게 물어 확인하고 싶었다. 그것이 과연 될 일인가 싶으니, 더 그랬다. 적어도 사숙 박 선생은 어물쩍 흰소리를 할 인물은 아니었다. 게다가 홍련이 아는 사람 중에 제일 많이 배운 사람이었다. 샛바람에 펄럭대는 치마도 아랑곳없이 잰걸음으로 박 선생 집으로 향하는 홍련의 뒤로 간다 순사부장의 자전거가 멀어져 가고 있었다.

그러나 홍련이 기대한 박 선생의 대답은 허망한 것이었다. 만세를 부르면 우리 밭을 찾을 수 있냐는 홍련의 물음에 한참을 망설이던 그는 당장 그리될 수는 없을 거라 했다.

"왜인들 쫓아내려고 부른다면서 왜 안 된단 말입니까?"

재차 물었더니, 조선이 조선인의 나라임을 알리려 하는 거라 했다. 이대로 가면 왜인들이 너희 밭보다 귀한 것도 빼앗아 갈 거라 했다. 허망하기 이를 데 없는 대답이었다. 그 밭보다 귀한 것이라니.

"대체 나한테 그 밭보다 귀한 것이 무엇입니까? 나한테 왜인들이 빼앗아 갈 게 있습니까?"

박 선생은 대답을 못 했다.

*

  늦은 아침상을 물린 시범은 별채에 들었다. 독립선언서를 조심스레 펼쳐 보았다. 아침 일찍 경성에서 내려온 조카 장환이 가져온 것이다. 아직 어리다고만 생각했던 조카인데 못 본 사이 훌쩍 커서 어느덧 장성한 사내가 다 됐다. 열여덟이니 그럴 만도 했다. 다만 해쓱해진 것이 마음에 걸렸다. 이것저것 캐묻고 싶은 것들이 있었으나 서둘러 집에 가서 쉬라고 돌려보낸 것도 그 때문이었다. 이 시국에 독립선언서를 품고 혼자 내려왔으니 저는 아니라고 해도 사흘 내내 편치 않았을 테지.

  '큰형님이 살아 계셨다면 그 아이에게 위로가 될 말을 해 주셨을 텐데.'

  작년 이맘때 병환으로 세상을 뜬 큰형님 생각이 나자 시범은 마음이 한층 복잡해졌다. 동생 시은과 어찌할지 몇 차례 상의를 했으나, 아직 거사 날을 정하지는 못했다. 사람이 많이 모이기에는 장날이 좋긴 하겠으나 시범은 가능하면 날짜도 장소도 독립선언서를 낭독하고 만세를 부를 거사에 합당하게 정하고 싶었다.

  시범이 동생 시은을 만나러 가기 위해 두루마기를 갖춰 입었을 때 누군가 찾아왔다.

  "잘 계시나 해서 안부 차 왔습니다."

  주재소 간다 순사부장이었다.

"우리가 어디 서로 안부를 물을 사인가?"

방으로 들이고 싶지 않았지만 못 이기는 척 들어와 앉으라는 시늉을 했다.

"경성에서 공부하는 조카가 있다고 들었는데…."

장환이 이미 내려온 사실을 이자에게 보고하듯 말할 이유는 없었다.

"그래서 묻고 싶은 게 무엇인가?"

"설마 경성에 휴교령이 내린 걸 모르신다고 하실 참은 아니지요? 다른 사람은 몰라도 육지로 오고가는 배가 끊이지 않는 여기 조천에서, 어르신 같은 분이 모른다면 말이 안 되는 일이니."

"알면서 왜 묻는가?"

"그렇습니까? 그런데 어디 가시나 봅니다."

간다의 눈빛이 야릇하게 번뜩였다.

"곧 큰형님 소상일이 다가와 형제들과 의논하러 가는 길이네만."

시범은 간다의 눈빛을 피하지 않았다.

"소상이라면…."

"첫 번째 돌아온 기일이네."

"아, 그럼 인근 친족들이 죄다 모이겠습니다."

간다는 몇 번이고 고개를 끄덕이며 웃음을 흘렸다.

"근동 사는 친족뿐 아니라 형님 제자들도 올 터이니 제객이 많지 싶네."

시범은 속이 뒤틀렸으나 웃으려 애썼다. 안 그랬다가는 그자의 얼굴에 침을 뱉고 말 터였다.

간다는 찜찜한 기분으로 시범의 집에서 나왔다. 평소 같으면 집에 있어도 없다고 할 자였다. 묻는 말에 선선히 대답을 하는 것도 뜻밖이었다. 불가피한 자리에서 마주쳐도 꼬장꼬장한 얼굴로 수고하시오, 라고 하대를 하는 자였다. 처음 이곳에 부임할 때만 해도 조천에 이렇게 신경 쓰이는 자들이 많은 줄 몰랐다. 시골 촌구석이라고 생각했는데 말이야.

간다의 기분이 조금 풀린 것은 저녁 술자리에서였다.

"이마무라 도사(島司)께서 지난번에 부장님이 보낸 조선 도자기를 잘 받았다는 전갈이 왔습니다. 이러다 곧 본서로 가시는 거 아닙니까? 축하드립니다."

일진회 출신 조선인 순사보가 무릎을 꿇고 술을 따랐다.

"'조천 김씨'들은 신경 쓰지 마십쇼. 고고한 양반 거족입네 목에 힘주지만 알고 보면 출륙금지령 때 상선으로 돈 벌고, 권세만 중한 집안이죠. 민란 때는 민란군 때려잡고, 의병입네 어쩝네 제주 유생들이 들고일어났을 때도 나 몰라라 했던 집안이죠. 우리 집 노친네는 그 집안 아니었으면 흉년에 서너 번은 굶어 죽었을 거라고 은인입네 어쩌네 하는데, 그 소리 들을 때마다 배알이 꼴려서. 있는 집에서 쌀 좀 내놓는 게 뭐 그리 대수라굽쇼. 헤헤."

평소 입의 혀처럼 구는 자였다. 간다는 내심, 저자들은 은혜도 모르는가 싶으면서도, 하대를 일삼던 시범의 얼굴이 떠올라 술맛이 돌았다. 그러면서도 하루빨리 본서로 갈 방법을 강구하리라 생각했다. 조선인 순사보 둘, 일인 순사 둘, 자신 포함 고작 다섯이 전부인 주재소 순사부장이란 직함은 도통 성에 차지 않았다.

간다가 시범의 얼굴을 떠올리고 있을 그때, 시범도 간다의 얼굴을 떠올리고 있었다. 거사의 날을 언제로 하는 게 좋을지 비로소 깨닫고 있었다. 이게 다 그자가 다녀간 덕분이로군. 그자에게 제사 떡이라도 한 덩이 보내야겠는 걸. 허허.

*

며칠째 미밋동산 신당 나무에 걸린 당천이 거센 바닷바람을 타고 요란하게 너풀거렸다. 그 바람 속에서 장환은 숙부 시범과 미밋동산에 올라 거사를 같이할 사람들을 만났고, 홍련은 물에 들어 빈 전복을 땄고, 애순은 홍련을 찾아와 농을 걸었다. 그러나 모두 제각각의 이유로 쉬이 잠을 청하지 못하고 뒤척거렸다.

"가뜩이나 싱숭생숭한데 너까지 요즘 왜 그러는 거?"

애순은 제 말을 흘려듣는 홍련이 이상했다. 귀향하자마자 집안 어른들과 어울려 다니는 장환이 이야기를 해도, 내일 아침 일찍 장환이네 백부 제사 음식 하는 데 같이 가자고 해도, 드디어 생각해

낸 신성여학교 1회 졸업생 이름과 그 아이들이 만세를 부르다 체포됐다는 이야기를 해도 입도 벙긋 안 했다. 어제 물질 갔다 오다 간다한테 잡혀 끌려갔다더니 그래서 저런가? 그걸 본 사람이 한둘이 아니라 마을에 소문이 파다했다. 애순은 혹시 홍련이 제 할미처럼 넋이 나가면 어쩌나, 그리되면 미밋동산 신당에 비념이라도 드려야 하나 싶었다.

'대체 간다 그놈이 무슨 짓을 했기에 야이가 저리 됐을꼬.'


어제, 떨칠 수 없는 불안으로 포구를 어슬렁거리던 간다의 눈에 계집아이 하나가 띄었다. 한 줌이나 될까 싶은 새까맣고 깡마른 조선인 계집아이였다. 테왁 망사리를 들고 오는 본새가 바다에 나갔다 오는 것 같았다. 눈이 마주치고도 마을 조무래기들처럼 주춤주춤 도망가지 않았다. 거슬렸다.

"거기, 너!"

간다는 자전거에서 내려 그 아이를 불렀다.

"어디 사는 누구냐?"

"중꼴 사는 홍련이오."

또박또박 대답을 했다. 참았다. 보는 눈이 많았다.

"여긴 무슨 일로 왔지?"

계집아이는 보면 모르냐, 그걸 왜 묻느냐, 하는 표정이었다.

"대답 안 하냐!"

"바당(바다)에 나갔다 집에 가는 길이오."

마지못한 듯 계집아이가 말했다. 속이 뒤틀렸다.

"누구 마음대로 바다에 가나? 바다가 네 것이냐?"

그쯤에서 그 계집아이가 순순히 입을 닫았다면 폭발하지는 않았을 것이다. 그런데도 그 계집아이 입에서 도저히 가만둘 수 없는 대답이 나왔다.

"그럼 누구 것이오? 바당 주인이라도 있소?"

"있고말고. 조선의 모든 것은 황국의 것이다."

간다는 한 손으로 여자아이 목덜미를 움켜잡아, 바다 쪽으로 돌려세웠다.

"똑똑히 봐라, 저것은 조선의 바다가 아니라 황국의 바다다."

홍련의 눈에 시퍼런 바다가 그득 고였다.

'조선의 바다.'

홍련은 간다의 입에서 떨어진 낯설고 기이한 바다의 이름을 중얼거렸다. 간다는 홍련이 쥐고 있던 태왁 망사리를 뺏어 집어 던지고, 비석거리를 지나는 조선인들 모두 보란 듯이 홍련을 질질 끌고 갔다. 조선인 순사보가 아니었다면 홍련은 간다에게 더 큰 곤욕을 치렀을지 모른다. 홍련이 끌려온 걸 보고 조선인 순사보가 홍련이 '미친 할망'의 손녀라는 걸 알려 준 것이다. 간다가 아는 미친 할망이라면 토지조사사업 때 일본인 사업가에게 넘어간 밭 주인이었다. 미친 할망이 알면 여기까지 와서 날뛸 것이다. 간다는 계집아이를 풀어 주라고 했다. 개똥을 밟은 기분이었다.

*

이튿날, 이른 아침부터 온 마을에 기름진 음식 냄새가 진동했다. 조천 김씨 집안 여자들과 동네 여자들이 옹기종기 모여서 씻고 다듬고, 썰고, 지지고, 볶고, 찌고, 무치고. 마을 사람들 모두 오늘이 장환의 백부, 김시우 소상일이라는 걸 알아챘다.

감주 한 병을 들고 어머니를 따라온 애순은 눈이 휘둥그레졌다. 그늘에 꾸덕꾸덕 말려서 윤기 자르르한 옥돔, 고깃간에서 육적용으로 방금 끊어온 듯한 선홍빛 돼지고기가 채반 그득그득 쌓여 있고, 장항에서 꺼내 물에 담가 둔 소고기만 해도 열댓 근은 족히 돼 보였다. 침떡, 인절미, 세미떡, 곤떡(흰떡)을 계속 쪄 내고 빚었다.

'같이 왔시멍 얼마나 좋을꼬. 아침 댓바람부터 물질 간 거라?'

애순은 홍련이 생각났다. 억지로라도 끌고 오려고 갔더니 나가고 없었다.

"아이고, 이제 맷돌질하면서도 한눈을 파네. 저 애물단지를 어떵헐꼬."

애순은 마당 차일 밑에서 묵적을 만들 메밀을 갈다가 어머니의 지청구를 흠씬 들었다. 틈틈이 고개를 빼물고 장환을 찾은 탓이다. 올 때가 됐는데? 모여들기 시작한 '조천 김씨' 일가들 사이로 인근에서 얼굴깨나 알려진 젊은 남자들만 눈에 띌 뿐이었다. 사숙 박 선생과 옆 마을 서당 선생은 은밀히 나눌 밀담이라도 있는 듯 눈을 맞추더니 고개를 끄덕끄덕 이야기를 주고받았다. 몇몇은 깊숙이 들어앉은 별채로 들어갔다. '백부 기일인데 좀 일찍 와서 화로에 적이라도 굽지.' 애순은 괜스레 성이 났다.

맷돌질을 하던 애순이 지청구를 먹고 있던 그 시각, 홍련은 또 뺏긴 밭에 가서 고래고래 소리를 지르는 할머니를 들쳐 업고 오는 길이었다.

"이놈들아! 다 뺏어 가도 이 밭은 안 된다. 이건 내 며느리 밭이다."

할머니는 등에 업혀서도 버둥거리며 악을 썼다.

"제발 이제 그만합서. 이런다고 무슨 수가 생길 거 같수과?"

"이년아, 이렇게라도 해야 살 것 같아서 그런다. 너는 무슨 수가 생길 것 같아서 날마다 그 지랄로 물질 다니냐? 바당에 나가 물질이라도 해야 살 것 같아서 그런 거 아니냐? 물에 못 들게 허민 살수 있을 거 같으냐?"

여느 때 같으면 바락바락 대들었을 홍련이, "바당 주인이 못 들게 허민 못 드는 거주"라고 뜬금없는 소리를 하자 할머니는 더 부아가 치밀었다.

"네년이 이제 별 희한한 소리를 다 허멘. 바당에 주인이 어디 있냐? 내 평생 그런 희한한 소리는 첨 듣는다. 네년이 별소리로 구박을 해도 내 목숨 붙어 있을 때까지 이럴라니, 내 꼴 보기 싫으면 오라비처럼 도망이라도 가게."

정말 도망이라도 가면 어쩌나 싶었다.

"그렇지, 나한테 무슨 일 생겨도 할머니는 끄떡없을 거우다. 나는 할머니 걱정 안 햄수다."

뚫린 입이라고 그리 어깃장을 놓았다. 그래, 니깟 것 없다고 죽기야 하겠냐. 아들, 며느리 앞세우고도 이리 목구멍에 풀칠하고 사는 늙은 것이.

할머니는 홍련의 등에서 저 멀리 한라산 기슭을 넘어가는 해를 바라보았다.

네년도 한 번은 니년 뜻대로 살아 봐야 할 테지. 가거라, 어디든.

*

그날 밤, 파제 후에도 뒤뜰 별채의 등잔불은 꺼지지 않았다. 별채 한구석에 한지와 광목에 먹으로 그린 소형 태극기 더미가 제사음식을 나누는 구덕 여러 개에 나누어 담겨 있었고, 시범을 중심으로 둥그렇게 모여 앉은 이들이 장환을 포함해 모두 열넷이었다. 제사 음식을 준비하던 애순이 '인근에서 얼굴깨나 알려진 젊은 남자들'이라고 했던 이들이었다. 그들은 날이 밝으면 미밋동산에 올라 조선이 조선인의 것임을 선언할 것이다.

"우리의 뜻대로 거사가 진행된다면 우리는 성안까지 가야 하오! 저들이 어떻게 나올지 모르나, 여기 모인 우리가 가장 앞에 서서 저들과 맞서야 할 것이오. 저들이 발포를 할 수도 있을 것이고, 구금되면 태형에 버금가는 악랄한 고문이 이어질 수도 있소. 발포, 구금, 고문. 이것이 두렵지 않다면 사람이 아닐 것이오. 나도 그러하오. 생각하면 두렵소. 허나 나는 나의 두려움에 지지 않으려 하오. 그것이 나와 조선을 살리는 길이라 믿기 때문이오. 자네들도 그러하길 바라오. 미모치(미밋동산)에서 만납시다."

긴 배웅의 말처럼 시범이 말했다.

집으로 돌아간 그들 중 누구도 쉽게 잠을 청하지 못했다. 시범의 마지막 말을 곱씹었다. 나는 나의 두려움에 지지 않으려 하오. 모두 동이 틀 때까지 바다를 건너온 바람이 포구를 타고 올라 연북정 처마를 스치고, 비석거리를 돌아 저 멀리 한라산 기슭까지 달려가는 소리를 들었다.

그리고 여느 날처럼 날이 밝았다. 수평선 위로 둥실 해가 떠올랐고, 포구에 정박한 어선들 사이로 갈매기 떼가 날아다녔다. 누군가 마을을 돌며 정낭(대문) 아래로 깊숙이 밀어 넣은 태극기가 담긴 구덕은 아침 이슬을 맞고 있었다. 경성 탑골공원에서 독립선언서가 낭독된 날로부터 꼭 스무 날이 지난 3월 21일 아침이었다.

홍련의 집에서는 사뭇 여느 날과는 다른 실랑이가 벌어지고 있었다.

"오늘은 언니랑 못 놀아 주니 어서 갑서!"

애순이 제사 음식 만드는 데 같이 가지고 홍련을 찾아왔을 때 홍련은 박 선생을 만났다. 박 선생은 반가우면서도 의아한 얼굴로 미밋동산에서의 계획을 말해 주었다. 사숙 아이들도 오기로 약속이 돼 있다고 했다.

"야이 좀 보게. 바리바리 식게(제사) 음식 싸 왔더니 문밖에서 내쫓아."

애순은 섭섭하기 짝이 없었다. 그렇지 않아도 아버지한테 미밋동산에 가면 집에서 쫓아낸다는 말을 들은 터였다. 장환이는 분명 갈 터인데.

"갈 데가 있어부난예."

"어디 가는데? 나랑 고치(같이) 가게."

홍련은 막무가내로 조르는 애순을 어떻게 해야 하나 싶었다.

"그럼 나 만세 부르러 가는 데 고치 갈 거?"

"만세? 어떻게 알았어?"

애순이 화들짝 놀랐다.

"역시 언니는 모르는 게 없네. 그러니 집에 갑서."

잠시 말이 없던 애순이 도끼눈을 뜨고 홍련을 노려보았다.

"왜? 나는 만세 안 부를 거 같으냐? 왜 나한테 고치 가자고 안 하는데? 경성 유학 간 갸이들만 만세 부르란 법 있어? 기생도 만세 부른다는데, 나는 만세 못 부를 거 같아? 너도 다른 사람들처럼 나 푼수데기로 보는 거라? 아니면 우리 아버지가 왜인들이랑 가깝게 지낸다고 나 무시하는 거?"

애순은 억울하고 분한 듯 끝도 없이 쏘아붙였다.

*

"그게, 좀 이상합니다요."

간다는 아직 술이 덜 깬 얼굴로 느지막이 나타난 조선인 순사보의 말에 얼굴을 찌푸렸다.

"똑바로 말 못 하나!"

"아 거 그게, 사숙 아이들이 줄줄이 미모치로 올라갔습죠."

순사보는 고개를 갸웃거리며 우물댔다. 이상하기는 하나 그 이유가 무엇인지 답을 찾지 못해서였다. 사실 그가 본 것은 일부에 불과했다. 시범과 장환, 애순과 홍련을 비롯한 마을사람들, 멀게는 동쪽 함덕리 서당 아이들도 벌써 미밋동산에 올라 있었으니.

"미모치? 그자들이 거긴 왜?"

순사보는 대답을 찾으려는 듯 쭈뼛쭈뼛 눈알을 굴렸다.

얼뜨기 같은 놈. 간다는 설마 무슨 일이야 생길까 싶으면서도, 그 설마가 곧 닥쳐올까 봐 덜컥 겁이 났다. 그리된다면 본서는커녕

징곗감이다.

"빨리 가서 알아봐! 가서 뭐하는지 보고 오라고!"

간다는 순사보의 정강이를 장화 신은 발로 걷어찼다.

"네, 네. 그럽죠. 그럽죠."

순사보는 얻어맞으면서도 굽실거렸다. 그러나 그가 주재소를 나가기도 전에 자전거를 타고 순찰을 나갔던 일본인 순사가 헐레벌떡 뛰어들었다.

"조선인들이 만세를 부릅니다. 서쪽에서 우르르 몰려오고 있습니다! 무섭습니다! 본서에, 본서에 증원 요청해야 합니다. 앞선 자가 대한 독립 만세 혈서를 들었습니다. 미모치로 가는 것 같습니다. 500? 600? 아주 많습니다. 끝이 보이지 않습니다."

그의 말을 증명이라도 하듯 간다의 귀청을 찢을 법한 만세 소리가 들려오기 시작했다.

"조용히 해! 조용히 하라고! 가서 막아!"

누구도 말이 없는데 간다는 길길이 날뛰었다. 간다 머릿속에서 조선인 순사보와 일인 순사의 말이 합쳐져 하나의 지점에 모였다. 미밋동산이다. 김시범. 그놈이다.


서쪽에서 올라온 만세 인파가 미밋동산에 오르자 정상에서 기다리고 있던 많은 이들 중 하나가 꼭대기에 커다란 태극기를 꽂았다. 밤새 그가 만든 것이다.

'저것이 조선의 깃발이로구나.'

홍련은 바람에 펄럭이는 태극기를 가만히 바라보았다. 오늘에서야 보게 된 그것. 한 번도 소중하게 생각해 본 적 없는 조선. 조선 사람으로 태어나서 좋은 것 하나 없었다. 바다는 원래 거기 있는 것이니 그것이 조선과 무슨 상관이랴 싶었다. 조선의 바다라는 그 바다. 간다가 이제는 황국의 바다라고 하는 그것. 그것만은 내 것이어야 했다. 그러기 위해 만세를 불러야 한다면 골백번 부를 것이다. 그것을 잃게 된다면 차라리 죽고 말리라. 홍련의 가슴이 터질 듯 뛰기 시작했다.

미밋동산은 어느새 태극기를 손에 든 사람들로 하얗게 덮였다. 이제 시간이 됐음을 알리듯 바람마저 잦아들었다. 눈과 귀가 시범에게 쏠렸다.

"오등은 자에 아조선의 독립국임과 조선인의 자주민임을 선언하노라. 차로써 세계 만방에 고하야 인류평등의 대의를 극명하며…"

시범의 목소리를 타고 바다를 건너온 독립선언서가 낭독됐다. 사람들 사이에서 애순은 상기된 얼굴로 끄덕였고, 장환은 작게 심호흡을 했다. 홍련은 그 뜻을 정확히 알 수 없었으나, 그것은 '조선의 것, 내 것을 뺏기지 않겠다!'는 선언처럼 들렸다. 그래서 시범의 낭독이 끝나고 장환이 떨리는 목소리로 대한 독립 만세 선창을 했을 때, 목이 찢어져라 만세를 따라 불렀다. 대한 독립 만세, 만

세, 만세. 물에 들 때처럼 가슴이 뼈개지듯 벅차올랐다. 저 멀리 홍련이 간다의 손에 목덜미를 잡힌 채 바라보던 시퍼런 바다가 춤을 추듯 출렁거렸다.

장환은 성안으로 향하는 만세시위대 선두에 시범과 나란히 섰다. 시위대가 리사무소에 이르렀을 때 간다와 순사 일행이 막아섰다.

간다가 총을 꺼내 공포 한 발을 쏘았다.

"해산하시오!"

간다가 총부리를 시범에게 겨눴다.

"독립이라니, 내선일체, 조선과 일본은 이미 하나요. 당신이 섬기는 조선의 왕이 결정한 일이오!"

간다가 말했다.

"나는 동의한 적이 없소."

시범이 말했다.

"뭐라? 닥치고 지금 당장 해산시켜라!"

"나는 명령할 수 없소. 그들은 나의 부하가 아니오."

간다는 쏘고 싶었고, 쏠 뻔했다. 장환이 나서지만 않았다면.

시범의 말이 끝나기가 무섭게 장환이 뒤를 따르는 만세시위대를 향해 돌아섰고, 크고 날카로운 목소리로 부르짖었다. 대한 독립 만세. 대한 독립 만세. 다시는 두려움에 지지 않겠다는 듯이. 장환의 목소리는 시위대를 뚫고 멀리 홍련에게까지 가 닿았다. 홍련은 어떻게든 하고 싶었다. 저 앞에 있을 간다에게 들리도록 외치고 싶었다. 그자의 목덜미에 자신의 목소리를 쑤셔 박고 싶었다. '네 놈 말이 틀렸다. 그것은 황국의 바다가 아니다. 조선 사람의 것이다. 내 어머니의 것, 내 아버지의 것, 내 것이다.' 홍련은 곁에 있던 남자 어른에게 목마를 태워 달라는 시늉을 했다. 선뜻 그가 무릎을 꿇고 홍련을 목에 태웠다. 홍련은 물속에 머리를 밀어 넣듯, 가슴이 뻐개지도록 만세를 불렀다. 홍련의 목소리가 조천 하늘로 솟구쳤다. 그러자 답하듯 시위대의 만세 함성이 조천 하늘을 찢을 듯 울려 퍼졌다.

결국 간다는 시위대의 행진을 막지 못하고 물러섰고, 본서에 증원을 요청했다.

"발포로 사상자가 나오면 안 돼! 사상자가 나온 육지부에서 시위가 더 확산됐다. 본도에 배치된 경찰 병력은 소규모라는 걸 모르나? 일이 이렇게 될 때까지 뭘 하고 있었나! 한심하다. 섣부른 행동은 삼가라!"

본서 순사부장의 힐책이 쏟아졌다.

시위대가 신촌리에 이르렀을 때쯤 간다가 본서로 요청한 경찰 병력 30여 명이 도착했다. 그들은 하늘을 향해 일제히 공포를 쏘며, 시위대를 향해 달려들어 개머리판을 휘둘렀다. 만세 소리 대신 비명이 이어졌다. 시위대 중간쯤에 있던 홍련과 애순에게까지 그 소리가 들렸다.

"저 새끼, 저 새끼부터 잡아라!"

선두에 선 장환이 제일 먼저 그들의 표적이 됐다. 비명을 지르지 않으려 장환은 이를 악물었다. 장화를 신은 일본 경찰 발길질과 몽둥이질이 장환의 온몸을 휩쓸고 지나갔다. 얼마쯤 지나자 감각이 사라졌다. 그리고 이상하리만치 정신이 또렷해졌다. 꿈처럼 그날 선실 화물칸에서 들리던 생쥐 소리가 들려왔다. 피식 웃음이 났다. '그놈은 비실비실 떨고 있는 나를 보았겠구나.' 그러자 입속으로 찝찔한 액체가 흘러들었다. 이마 어디쯤이 깨진 듯했다. 손을 들고 싶은데 팔이 안 움직인다.

그날 시위대 선두에 서 있던 장환, 시범, 시은, 형배, 진식…. 가장 앞에 서서 싸울 것을 약속했던 열넷 중 아홉이 체포됐다. 그러나 만세시위는 그날로 끝나지 않았다. 사숙 박 선생을 비롯해 앞장서기로 약속한 열넷 모두가 일본 경찰에 체포될 때까지 나흘 동안 이어졌다. 조천 오일장 날 장터에서 벌어진 마지막 시위는 어린아이부터 노인까지 그 수를 헤아리기 어려울 만큼 많은 이들이 만세를 불렀다. 그중에는 홍련의 할머니와 애순도 있었다.

"이놈들아! 우리 홍련이 내놔라!"

"우리 홍련이, 우리 장환이 내놔라!"

홍련의 할머니와 애순은 악을 썼다. 사흘째 되던 날 연행된 이들 중에 홍련이 있었기 때문이었다.

＊

“장환이는 어때?”

애순이 다짜고짜 물었다.

“경찰서에서 어제 나온 사람한테 그게 할 소리요!”

홍련은 연행된 지 사흘 만에 풀려났다.

“아니, 너는 딱 봐도 멀쩡하네.”

“듣기 싫어라!”

“너도 고문당했냐?”

“잡아 온 남자들 고문하느라 바쁜지 큰 고문은 안 합디다.”

“어디, 어디 보게.”

애순이 홍련의 팔다리를 살피고,

“아이고 죽일 놈들 피멍이 들었네. 피멍이.”

쩔쩔매더니,

“개아들 같은 놈들! 아작아작 씹어서 상어 입속에 확 처넣어도
시원찮을 놈들!”

한참 욕을 해 댔다.

“딱 한 번 얼핏 얼굴만 봤는데, 나 보고 고개 끄덕이면서 웃더
이다.”

“장환이가?”

“그럼 누구?”

엉덩이 붙이고 앉기도 전에 장환이 소식을 묻더니, 막상 장환의 소식을 전하자 애순은 아무 말도 하지 못했다. 그러고는 이제 자기도 아버지가 뭐라든 사숙이든 야학이든 나갈 거라는 말을 남기고 가 버렸다.

홍련이 주섬주섬 물질 갈 준비를 하자,

"이년아, 피멍이라도 가시면 가라이."

할머니가 테왁을 확 낚아챘다.

"내 알아서 할 거."

"알아서 한 년이 왜놈들한테 잡혀가!"

"그러니까 알아서 할 거라."

"아이고, 저년을 누가 말릴꼬."

"물질 갔다 와서 오라비한테 편지 쓸 테니, 할머니도 밭에 가고 싶으면 언제든 갑서."


홍련의 눈앞에 시퍼런 바다가 있었다. 알고 보면 바다는 항상 홍련의 눈앞에 있었다. 몽둥이질을 당할 때도, 밤새 끊임없이 옆방에서 들려오는 비명 소리를 들을 때도, 귀를 막고 소리 없는 악을 쓸 때도, 홍련의 눈앞에 바다가 있었다. 홍련이 가장 멀리 갈수록, 가장 가까이 있었다. 홍련은 이제 알았다. 아버지의 목숨을 앗아 가고, 어머니가 스스로 목숨을 버렸을지 모르는 저 바다가, 저 괴이쩍은 바다가 바로 자신의 가장 귀한 것임을.

홍련은 앙상한 맨발을 적시는 바닷물을 떠서 몸에 끼얹었다. 어머니가 생각났다. 어머니에게 말해 주고 싶었다. 어머니가 왜 그랬는지 알 것 같수다. 하지만 나는 포기하지 않을 거라. 물속으로 숨지 않을 거라. 어머니처럼 되지 않을 거라. 안 뺏길 거라. 지킬 거라. 잘살 거라. 실없이 웃음이 났다. 그때 홍련의 머릿속으로 장환의 얼굴이 지나갔다. 홍련을 보고 고개를 끄덕이며 웃던 그 얼굴이.

## 조천 만세운동, 그리고 그 후

조천은 육지와 제주를 잇는 해상무역이 활발했던 곳이다. 조천에서 벌어진 만세운동의 시작에는 당시 경성에서 휘문고보를 다니던 김장환이 있다. 항일운동가 김시학의 아들인 그는 경성에서 만세운동에 참여한 뒤 휴교령이 내리자 귀향을 결심했다. 독립선언서를 가지고 목포를 거쳐 고향 조천으로 왔다. 3월 16일 조천에 도착한 김장환은 숙부 김시범, 김시은을 만났다. 이후 김시범의 주도로 규합된 열네 명의 만세 동지는 김장환의 백부 소상일인 3월 21일 미밋동산에서 만세시위를 벌이기로 하고, 거사를 준비했다. 3월 21일 미밋동산에서 출발한 만세시위대는 제주 읍내를 향해 행진하다가 신촌리에서 일본 경찰에 의해 무력진압을 당했다. 김시범, 김시은, 김장환 등 열네 명의 동지 중 아홉 명을 포함한 열세 명이 연행됐다.

그날의 1차 만세시위를 기점으로 조천 일대에서 나흘에 걸쳐 만세시위가 벌어졌다. 인근 신촌리, 함덕리까지 확대되며, 점점 더 많은 사람이 만세시위에 나섰다. 마지막 조천 오일장 장터에서 벌어진 4차 시위에는 1500여 명에 이르는 사람이 참여했다. 그날까지 최초 시위를 주도한 열네 명이 모두 연행되면서 조천 만세운동은 끝났다. 마지막 시위가 오일장 장터에서 벌어진 만큼 장터 행상인들에 의해 다른 지역으로 전해져 이후 벌어진 서귀포 삼매봉 만세운동, 서귀포 해상 만세시위에 커다란 영향을 미쳤다.

나흘간 계속된 시위에서 많은 사람이 연행됐다. 그중 1심에 기소된 사람은 모두 스물아홉 명이다. 이 가운데 시위 주도 인물인 김시범, 김시은, 김장환, 박두규, 김용찬, 고재륜, 김형배, 황진식, 김경희, 김필원, 김희수, 이문천, 백응선, 김년배는 1심 판결에 불복해 항소했다. 이들은 1919년 5월 29일 대구복심법원에서 6개월에서 1년에 이르는 징역형을 선고받고 투옥됐다. 투옥 당시 고문에 시달린 백응선은 풀려난 지 몇 달 만에 사망했다. 당시 그의 나이 스물다섯이었다. 나머지 열세 명의 동지들은 출옥 후 동미회(미 밋동산의 동지)를 결성하고 백응선의 억울한 죽음을 애통해 하며 묘비를 세웠다. 4차 시위를 주도했던 김년배 또한 고문 후유증으로 시달리다가 1923년 스물여덟의 나이로 사망했다.

조천 만세운동을 주도한 동미회 인사들은 이후 지역의 교육과 사회 계몽, 노동운동 등에 나섰다. 김시범은 조천 독서회관 교사

만세로

3·1독립운동기념탑이 세워져 있는
만세동산

제주항일기념관

로, 김시은은 조천 노동단 단장으로, 김장환은 언론인(《동아일보》정치부장)으로 활동하는 등 독립운동에 매진했다. 그러나 1944년 평양으로 이사한 김장환은 광복 이후 이남으로 내려오지 못했고, 광복 후 초대 조천면장, 건국준비위원회 조천면 위원장 등을 역임하던 김시범은 제주 4·3사건 와중인 1948년 11월 목숨을 잃었다. 이후 김시범이 조천 만세운동을 주도한 독립유공자로 추서된 것은 2018년에 이르러서다.

현재 조천에는 당시 만세운동을 기리는 만세로(조천읍사무소 앞부터 비석거리까지)가 조성돼 있다. 만세로를 따라 만세운동 벽화가 그려져 있고, 당시 시위를 주도했던 항일 인사들의 생가 터도 찾을 수 있다. 멀지 않은 곳에는 '3·1독립운동기념탑'이 세워져 있는 만세동산(당시 미밋동산)이 있다. 재일동포 김봉각 선생이 만세동산 조성을 위해 5억 원을 쾌척한 것으로 알려졌다.

만세동산 뒤편으로 보이는 제주항일기념관은 조천 만세운동뿐 아니라 제주 지역에서 벌어진 제주의병항쟁, 법정사항일운동, 해녀항일운동 등 제주 항일운동의 역사를 담고 있다.

봄바람 스치는 남바위를 쓰고

1919년 3월 29일
#경기도 용인

**이상권** 산과 들이 있는 마을에서 어린 시절을 행복하게 보냈지만, 고등학교 시절에는 난독증과 불안 증세로 학교 생활에 적응하지 못해 거의 꼴찌였다. 《창작과 비평》에 소설 〈눈물 한번 씻고 세상을 보니〉를 발표하면서 작가가 됐고, 소설 〈고양이가 기른 다람쥐〉는 고등학교 1학년 국어교과서에 수록됐다. 지은 책으로는 《난 멍 때릴 때가 가장 행복해》, 《숲은 그렇게 대답했다》, 《어떤 범생이가》, 《애벌레를 위하여》, 《발차기》, 《하늘로 날아간 집오리》, 《개재판》 등이 있다.

기철은 마루로 나가자마자 기둥을 잡고 하늘을 올려다본다. 그것이 하루를 시작하는 이 집 사람들의 오래된 버릇이었다. 하늘빛이 맑아 봄 나비들이 나들이하기 좋은 날씨였다.

마당에는 살이 닳고 닳은 쟁기보습이랑 쇠스랑 같은 야윈 농기구들이 뒹굴고 있다. 아버지가 집합시켜 놓은 것이다.

광교산을 등진 기철네 집은 북향이라도 지대가 높아서 겨울에도 햇살이 흘러들었고, 마을이 한눈에 잡혀 바라다보는 눈맛도 좋았다.

"기철 아버지, 오늘 꼭 가야겠어요?"

어머니가 아궁이에서 퍼낸 부엌 재를 헛간에다 비우고 오면서 물었다. 아버지는 뼈대만 남은 조선낫까지 모조리 들고 오면서 말했다.

"이 사람아, 저번 장에도 못 갔네. 당장 밭일하려면 저것들이 튼

실해야 하는데, 쟁기보습도 다 닳아져서 이제는 물렁 땅에서도 쓸 수 없고, 어디 낫 하나 성한 것이 있는가?"

"그야 알지만 하도 세상이 험해서…. 오늘 안양장에서 만세운동이 터진다는 소문도 돌고…."

기철도 그런 소문을 들었다. 장이란 많은 사람들이 자발적으로 모여드는 광장이고, 그래서 기철은 수원장이나 안양장 날 한번 크게 만세운동이 터질 것이라는 소문을 무시로 귀동냥하면서 하루하루를 살아가고 있었다.

아버지는 애써 그런 소문을 무시하려고 했다.

"원래 소문이란 한 귀로 듣고 한 귀로 흘려야 하는 법이네. 대장간은 안양장에 있는 박 씨네가 최고여. 수원장은 영 맘에 드는 대장간이 없어."

"그럼 기철이를 데리고 가세요. 열네 살이면 이제 클 만큼 컸으니…."

아버지는 기철과 겸상을 하면서 한 마디 말이 없었다. 그만큼 깊은 생각에 잠겨 있었다. 뭔가 생각이 많아지면 말수가 줄어드는 것이 아버지의 버릇이었다. 그걸 보자 언젠가 외할머니 이야기를 하던 아버지 얼굴이 갑자기 떠올랐다.

기철은 충청도 공주 어디쯤이라는 외갓집에 한 번도 가 본 적이 없었다. 몇 년 전엔가 기철이 어머니한테 왜 우리는 외갓집에 안 가냐고 물었던 적이 있었는데, 어머니는 언젠가는 그런 질문을 할 줄 알았다는 표정을 지으면서도 선뜻 대답하지 못했다. 적당한 때가 되면 다 말해 주겠다는 말만 간신히 흘린 어머니는 무척 당황했다.

그날 밤 아버지는 사랑으로 기철을 불렀다. 그리고 갑오년에 벌어진 그 끔찍한 참사에 대해서 들려주었다. 외할아버지는 갑오년 난리가 일어났을 때 농민군에서 중요한 일을 했고, 그 거사가 실패로 돌아가자 네 명의 외삼촌은 물론이요, 작은외할아버지까지 잡혀가서 돌아오지 못했다고 했다. 외할머니와 어머니는 간신히 용인으로 피신을 해 화를 면했지만 죽은 듯이 숨어서 살 수밖에 없었다고 했다. 아버지는 마을 어른을 통해 어머니를 알게 됐다. 외할머니는 딸이랑 결혼하겠다고 찾아온 건실한 청년에게 아픈 가족사를 이야기하면서 딱 한 가지 약속만 해 달라고 부탁했다.

"앞으로도 갑오년 난리 같은 일들이 많이 벌어질 것이다. 어차피 세상일이란 우리 같은 농부들이 굴려 가는 것이 아니라네. 이 나라가 왜놈들에게 넘어간 것 역시 마찬가지네. 농부들은 그저 땅만 파고 그렇게 살아가면 되는 것이어. 농부들이 그런 데 가담해서 세상이 바뀌어도 우리한테 빛이 오지 않을 것이요, 실패했을 땐 그 책임이 우리처럼 없이 살아가는 사람들에게 다 떨어진다네. 그러니 절대 그런 일에 가담하지 않는다고 약속해 주게."

아버지는 외할머니한테 어떤 일이 있더라도 한평생 아내와 자식들을 지켜 내겠노라고 몇 번이나 약속을 했다며 말끝을 흐렸다.

고기리는 광교산에서 생겨난 물길을 따라 10리가 넘게 펼쳐져 있다. 불과 10년 전까지만 해도 고기리라는 이름은 쓰이지 않았다. 그러니까 아직까지도 사람들 입에서는 고기리라는 말이 나오지 않았고, 조상 대대로 불린 고분현·장투리·손기마을이라는 오래된 지명을 쓰고 있었다. 일제는 조선을 합병하자마자 행정구역을 개편해 자연부락을 '리' 단위로 묶기 시작했다. 그때 골짜기 가장 안쪽에 있는 기철이네 마을인 고분현의 '고' 자와 골짜기 입구에 있는 손기마을의 '기' 자가 합쳐져서 '고기리'라는 새로운 지명이 탄생한 것이다.

집을 나선 아버지는 마을 입구에 있는 장승 앞에서 걸음을 멈췄다. 장승 뒤로 이어진 길을 따라 가면 고분재가 나온다. 안양으로 넘어가는 지름길인 고분재는 이곳 사람들이 가장 많이 이용하는 길이다.

아래쪽에서 누군가 손을 흔들었다. 배나무골에 사는 구장 이덕균이었다. 어른들은 그를 구장님이라고 부르고 아이들은 훈장님이라고 부른다. 그는 사랑채로 아이들을 모아 한학을 가르쳤고, 사람들은 자연스럽게 그 사랑채를 서당이라고 불렀다.

구장은 아버지를 보고 눈짓을 하더니 장승 뒤로 슬그머니 걸어갔다. 기철은 고분재 쪽으로 난 길을 10여 걸음 걷다가 길가에 있는 납작한 돌에 앉았다. 20여 걸음 이상 떨어져 있는데도 어른들의 목소리가 들렸다.

"험험. 어젯밤에 손기마을 안종각이가 찾아왔네. 그이가 나한테 와서는 '구장님, 도와주십시오' 하는 거야. 난 당황스러웠지. 대체 뭘 도와 달라고 하는 거냐고 했더니, 그이가 우리 마을에서도 만세운동을 해야지요, 하는 거야. 난 깜짝 놀랐네! 요새 전국 어디에서나 만세운동이 들불처럼 번지고 있다고는 하지만 그렇다고 어떻게 이 깊은 산골에 사는 농사꾼들이 거사를 한단 말인가? 내 말을 들은 종각이가 허허 웃더니 수지면에 있는 다른 마을이 같이 봉기하기로 했다는 걸세."

아버지는 구장보다 나이가 두 살 많았으나 둘은 친구처럼 지냈다.

"우리 세대에만 해도 벌써 갑오년 동학란부터 각종 의병운동이며 여러 난들이 무시로 일어났지만 어디 변한 것이 있는가? 힘없는 사람들만 죽어 갈 뿐이지."

"나도 비슷한 생각이네만 그렇다고 모른 척할 수도 없지 않은가? 게다가 나는 마을 구장 노릇도 하고 있으니⋯. 그래서 고민, 고민하다가 마을 어른들을 찾아가서 말씀드렸더니, 나설 거면 마을 사람들이 다 나서야 하고, 그게 아니라면 애초에 시작하지 말라고 하시더라고. 종각이는 모든 준비는 자신이 할 테니, 나한테는 사람들을 설득하고 모아 주는 일만 해 달라고 하더라고. 무슨 좋은 방법이 없겠는가?"

"글쎄 무슨 방법이 있을까? 자네는 글을 잘 쓰니까 통문을 써서 돌리는 방법이 있겠고, 가가호호 방문해서 직접 대면해서 사람들에게 설명하는 방법이 있겠지만 그러기에는 시간이 너무 부족하구먼."

"그러게 말일세. 너무 갑작스럽게 하는 것이라서."

어른들의 이야기는 거기서 끊어졌다. 슬쩍 고개를 들어 보니 기철네 이웃에 사는 서준이 숯이 든 가마니를 지고 오는 것이 보였다.

깊은 산골인 이곳 사람들은 광교산을 파먹고 살아간다고 할 정도로 산에 대한 의존도가 높은데, 돈이 가장 많이 나오는 것은 숯과 나무였다. 주로 겨울에만 숯이나 나무를 팔지만 서준이 만든 숯은 질이 좋아서 사철 내내 고정 손님이 있었다.

기철은 서준을 친형처럼 따랐다. 나이가 열 살이나 많은 서준도 기철을 동생처럼 대했다. 기철은 농사에 대한 것을 아버지보다 서준한테 더 많이 배워 가고 있었다. 아버지에게 배울 때는 대부분 잔소리로 들렸으나 서준이가 가르쳐 줄 때는 재미있고 귀에 쏙 들어왔다.

기철은 서준을 보자마자 "형!" 하고 소리치면서 계곡 위로 올라왔다. 서준도 손을 흔들면서 "너도 장에 가냐?" 하고 물었다.

아버지는 구장한테 장에 갔다 오겠다고 하면서 수고하라고 손을 흔들었다. 구장은 이따가 만나자는 말을 하고 돌아서서 어디론가 바쁘게 사라졌다.

아버지가 앞장서고 그 뒤를 기철과 서준이 따라갔다. 고분잿길을 넘어가자 제법 넓은 분지가 나타났고 길을 가는 사람들도 많아졌다. 소를 끌고 가기도 하고, 장작을 지고 가는 사람도 보였고, 묵나물거리가 든 봇짐을 머리에 인 사람들도 눈에 띄었다.

안양장이 가까워지자 기철도 은연중에 긴장하고 있었다. 순사라고 알려진 일본 경찰들이랑 군인들이 눈에 띄기 시작했고, 말을 탄 헌병들도 보였다.

장 입구에서 서준과 헤어졌다. 아버지는 기철도 몇 번 와 본 적이 있는 대장간으로 가서 그 주인이랑 이야기를 나눴다. 대장간에서 일하는 그 사람은 작대기 하나 들지 못할 것 같은 말라깽이였는데 불에 달궈진 쇳덩어리를 내리칠 때만큼은 아버지보다 더 강단져 보였다. 아버지는 그런 과정을 잠깐 지켜보다가 기철이 손을 잡고 일어났다. 신발전에 들러서 어머니 고무신 한 켤레를 샀고, 어물전으로 가서 자반고등어 세 마리를 샀다. 그러고는 다시 대장간 쪽으로 가다가 서준을 만났다.

서준이 엿을 사 주겠다고 하자 아버지는 알아서 하라고 하고는 먼저 대장간으로 갔다. 언제 먹어도 맛있는 호박엿이었다. 기철은 그 단맛을 최대한 오랫동안 즐기기 위해서 혓바닥 위에다 엿을 놓고는 천천히 빨아서 단물을 삼켰다. 서준은 장 구경을 시켜 주겠다면서 포목전 앞으로 가다가 누군가를 보고는 잰걸음으로 다가갔다. 그는 손기마을에 사는 안종각이었다. 서준은 기철한테 잠깐만

기다리라고 하면서 포목전 안으로 들어갔다가 지루할 정도로 시간이 지난 뒤에야 나왔다.

다시금 고분잿길을 되짚어갈 때는 봄볕을 가득 뿌리던 해님도 지쳐서 서산마루에 앉아 있었다. 낮 동안 따스하던 봄바람의 서슬이 어느새 차가워지고 있었다.

기철은 아버지를 따라 서둘러 걸어가다가 주춤거렸다. 기철네 마당에 모여 있던 10여 명의 마을 사람들이 아버지를 보고는 밖으로 걸어 나오고 있었다. 기철은 아버지가 들고 있던 농기구를 들고 헛간으로 들어갔다. 어른들은 기철네 헛간 뒤쪽에서 말을 주고받았다.

"어쨌든 지난 3월 1일부터 만세운동이 시작됐으니까, 이제 얼추 한 달이 다 돼 가잖소? 게다가 전국적으로다 일어나고 있다고 하던데, 총도 안 들고 이렇게 만세만 외친다고 뭐가 달라지겠소? 날마다 여기저기서 만세운동 하다가 죽고 잡혀가는 소식만 들리잖아요? 지금 용인만 해도 몇 군데서 이미 만세운동이 일어난 모양이던데."

"그거야 아까 구장님이 이야기하지 않았소. 이렇게 총을 안 들고 평화적으로 만세운동을 하는 것이 다 이유가 있다고. 우리가 이렇게 해야 다른 나라에서 조선을 좋게 본다, 이거지요. 지금 세상에서 가장 힘이 센 나라인 미국의 대통령이 우리 조선 같은 나라를 도와줘야 한다고 말을 했대요. 그 사람이 우리 조선처럼 스스로 독립을 원하는 나라를 지지하고 도와주겠다고 한 모양이오. 그래서 이렇게 만세운동을 하는 거라.”

“그래 봤자 왜놈들이 안 들어 주면 소용없는 거 아닙니까?”

“그러니까 더 많은 사람이 들고일어나야 한다는 거지.”

요새는 아이들도 모였다 하면 만세운동에 대한 이야기뿐이었다. 고기리는 아주 깊은 산골 마을인데도 늘 외지 소식이 빠르게 들이닥치는 곳이었다. 거대한 광교산 자락이 남북으로 가로막고 있기 때문에, 그 동쪽에 살고 있는 사람들은 수원장이나 안양장에 가려고 하면 반드시 고기리를 통과해야만 했다. 안양장을 가기 위해서는 기철네 마을인 고분재를 넘어야 했고, 수원장에 가기 위해서는 배나무골 아래쪽에 있는 언덕말고개를 밟아야만 했다. 그러니까 언덕말고개나 고분잿길에는 고기리 사람들뿐만 아니라 이 근처 수십 리에 사는 사람들의 발 땀이 배어 있었다. 특히 언덕말고개 아래 있는 주막집은 늘 사람이 붐볐으며 무시로 새로운 소식이 들어오는 곳이었다.

이렇게 언덕말 주막에서 자연스럽게 세상 소식을 듣기도 했지만, 더 많은 세상 소식을 알고 싶으면 고기리 초입인 손기마을에서 논길 밭길을 지나 머내로 나가야 했다. 그곳에는 주막거리가 있었고 협천점막이라는 제법 큰 숙박업소가 있었다. 언덕말 주막은 주로 인근 마을 사람들이 이용했고, 협천점막은 경성에서 남으로 뻗은 국가 기간 도로인 영남대로상에 있는 아주 중요한 거점 휴게소로 과거 수험생뿐만 아니라 나라의 관리를 비롯해 온갖 장사치들이 다 이용하는 곳이었다.

머내는 경성을 벗어나서 영남대로로 접어들어 본격적으로 기나긴 여정이 시작되는 곳이다. 이제부터 험준한 산을 타고 넘어야 하기 때문에 이곳에서 마음을 다잡는 곳, 반대로 아랫녘에서 올라오는 이들이라면 힘든 여정을 다 넘겼으므로 마음 놓고 편안하게 쉴 수 있는 곳. 하여 많은 여행객들의 이야기가 돌고 희비가 교차하는 곳이다.

주막거리 앞쪽으로는 광교산에서 발원한 물이 흐르고 흘러 제법 큰 세력을 이뤄서 흘러가는데, 멀리서도 잘 보이는 냇물이라고 하여 '머내'라고 불렀다. 아무튼 그 점막 때문에 이곳 사람들은 골짜기에 묻혀 있어도 세상 물정에는 아주 밝은 편이었다.

고종 황제가 갑자기 서거했다는 소식을 들은 것도 1919년 1월 21일, 바로 당일이었다. 이완용이 왕실에서 일하는 나인들을 시켜서 독약이 든 식혜를 고종한테 올렸다는 소문도 머내 주막거리에서 이 깊은 산골짜기에 있는 주막까지 한두 시간 만에 흘러들었다. 마을 사람들은 분노했고, 이완용을 때려 죽여야 한다고 소리치기도 했고 울먹이기도 했다.

기철은 헛간 벽 틈으로 아버지를 보고 있었다. 오늘따라 아버지는 아주 신중했다. 마을 사람들이 과연 우리 마을에서 만세운동에

나설 사람이 얼마나 되겠냐고 묻자 구장을 잘 도와 달라고 할 뿐
더 이상 말을 하지 않았다. 마을에서 가장 영향력이 있는 사람은
구장이었지만 아버지도 무시할 수는 없었다. 구장은 학식이 풍부
한 선비라서 마을 사람들의 정신적 지도자였고, 마을에서 가장 농
사를 잘 짓는 아버지는 살아가는 데 실제적 도움을 주었다. 그래서
마을 사람들은 농사일부터 크고 작은 일이 생기면 아버지한테 와
서 의논했다. 그만큼 아버지에 대한 믿음이 강하다는 뜻이었다.

　어스름이 깔릴 무렵 구장의 잔심부름을 하는 사환이 "구장님께
서 고분현 사람들에게 통문을 전달하라고 했습니다!" 하고는 접힌
하얀 종이를 어머니한테 내밀었다.
　아버지는 집에 없었고, 기철은 외양간에서 쇠죽을 쑤고 있었다.
벌써부터 풀 냄새를 맡은 소들의 입맛이 까탈스러워지는 계절이
라 더욱 신경 써서 쇠죽을 쒀야만 했다. 작년 가을에 잘 말려 두었
던 짚이랑 콩깍지를 푹 삶아서 줘야만 한다. 그 구수한 냄새를 맡
으면 기철도 식욕이 돌았다.
　글을 모르는 어머니가 외양간으로 와서 통문을 내밀었다.
　기철은 구장 특유의 붓글씨체를 보고는 잠시 망설였다. 어머니
가 눈빛으로 어서 말해 보라고 다그쳤다. 통문을 본 기철은 깜짝
놀란 상태였다.
　내용은 간단했다. 독립 만세를 부르기 위해서 온 마을 사람들이

거사에 참여하기로 했으니, 모두 바쁜 일손을 잠시 놓고 참여해 달라고 부탁하는 내용이었다. 특히 어린이와 노인들을 제외하고 각 가구당 1인씩 꼭 참여해야 한다는 내용이 유독 눈에 들어왔다. 기철은 그 대목을 읽으면서 어머니를 슬쩍 흘겨보았다. 어머니는 저도 모르게 눈을 찌푸렸다. 그러고는 거사일이 언제냐고 물었다.

"3월 29일…."

"뭐, 양력 3월 29이라고야? 그렇다면 내일 아니냐?"

기철도 이렇게 빨리 만세운동이 일어날 줄은 상상도 못 했다. 그런 소문이 돌기 시작한 것이 어젯밤이었기 때문에 어느 정도의 시간이 필요하다고 생각했다. 어른들 말처럼 만세운동이란 아이들이 심심풀이로 하는 놀이가 아니다. 그것을 주도하는 사람들은 자신들의 인생을 걸어야 하고, 단순하게 참여하는 사람들 역시 재수 없으면 총에 맞거나 잡혀서 태형을 당하다가 죽을 수도 있었다. 그러니 마을 사람들이 얼굴을 맞대고 의논하고 조율하는 시간이 필요하다.

저녁상을 차릴 무렵 아버지가 돌아왔다. 이미 다른 집에서 통문을 보고 온 아버지는 오늘따라 핏기 한 점 없는 어머니를 보고는 어서 밥 먹자는 말을 두 번이나 되풀이했다. 그제야 숟가락으로 밥을 몇 번 입안으로 떠 넣던 어머니가 아버지에게 물었다.

"너무 급한 거 아닌가요?"

"다들 그런 말이 나왔네만, 이번 거사를 준비하는 사람들이 치밀하게 계산해서 내일로 잡은 모양이네. 더구나 우리 마을만 하는 게 아니고 수지면 전체가 거사하는 날이니까. 그러니까 거사일을 하루 앞두고 통문을 돌렸지만 실제로는 며칠 전부터 준비되고 있었다는 뜻이지."

아버지는 소처럼 아래턱을 약간 옆으로 돌려가면서 음식을 씹었다. 어차피 통문까지 돌았으니 이제 마을에 사는 개들까지도 다 아는 사실이었다.

기철은 궁금했던 것을 물었다.

"아버지, 근데 이렇게 통문을 돌려도 돼요?"

"이런 일을 할 때는 으레 통문을 돌리는 법이다. 갑오년에도 그랬고, 여러 만세운동 때도 그랬단다."

어머니는 밥사발에다 물을 말아서 훌훌 마시고는 깊은 한숨을 방아 찧듯이 내놓았다.

"기철 아버지! 물론 구장님이랑 누구보다 가까운 사람이라는 것은 알지만, 당신 없어도 일이 다 돼 가는 것 같으니까 그냥 모른 체하세요. 그동안 당신은 모든 마을 일에 앞장섰잖아요?"

"끙! 알았으니까, 그만하게."

아버지는 입안에 든 보리밥 알갱이를 유독 힘주어 씹어 대고 있었다.


기철은 답답한 마음을 달래려고 마당에서 벗어나 계곡으로 내려갔다. 마음이 답답하거나 머리가 아플 때마다 골짜기에 흘러내리는 찬물로 얼굴을 씻으면 머리가 맑아진다. 기철은 몇 번 세수를 하다가 서준의 목소리를 들었다. 서준도 계곡으로 내려와서 얼굴을 씻었다.

"어, 시원하다. 역시 약물이야. 기철아, 오늘 밤에 손기마을에서 마을 청년들이 모이는데 같이 가자. 나랑 같이 가면 돼. 다들 널 반길 거야."

기철은 몇 번이나 망설였다. 그런데도 서준이 자꾸만 같이 가고 하자 부모님에게 말을 하고 나오겠다고 했다.

기철이 집으로 가서 그 말을 하자 어머니 표정이 금방 굳어졌다. 그만큼 어머니는 요즘 예민해져 있었다. 그걸 알기 때문에 기철도 최대한 조심스럽게 말을 했고, 이웃집 서준과 같이 간다는 말을 계속 덧붙였다. 그제야 어머니는 알았다고 고개를 끄덕이더니 조심해서 다녀오라고 했다.

기철은 서준을 만나자마자 어머니가 걱정을 많이 하신다고 했다. 서준도 잘 안다고 고개를 끄덕끄덕했다.

"엄마들이 다 그렇지 뭐. 우리 엄마도 그래. 사실 요새 들리는 소문들이 무시무시하잖아?

둘은 마을 앞에 서 있는 장승을 지나 나란히 걸었다. 기철은 외갓집의 아픈 과거에 대해서 아는 데까지 들려주었다. 서준도 대충은 들어서 알고 있다고 하면서도, 그렇게까지 자세한 내막은 몰랐노라고 했다.

둘은 길에서 어른들을 여러 명 만났다. 어둠이 깔리자 어른들도 은밀하고 기밀하게 움직이고 있음을 알 수 있었다. 묻지 않아도 어른들이 왜 밤중에 이 마을 저 마을로 돌아다니는지 기철은 잘 알고 있었다. 아마도 수많은 어른들이 아무개네 집에 모여서 내일 있을 거사에 대한 이야기를 하고 있을 것이다.

서준과 기철은 샛말을 거쳐 밤바람이 거칠게 불어닥치는 배나무골 언덕으로 넘어갔다. 기철이 곧 내려가지 않고 왜 이곳으로 왔냐고 묻자 서준은 그냥 씩 웃었다. 그리고 서당인 구장네 집을 지나 언덕말 아래쪽에 있는 주막으로 갔다. 그 앞에서 역시 안면이 있는 몇몇 청년들을 만났다.

모두 다 기철보다 나이가 많았다. 그들 중에는 기철을 보고 놀란 표정을 짓는 사람도 있었지만, 대부분은 환하게 웃어 주면서 잘 왔다고 했다. 순간 기분이 묘했다. 도대체 이들이 왜 한밤중에 모였는지 물어보고 싶어도 그럴 수가 없었다. 그들은 서둘러야 한다고 하면서 산길로 접어들었다. 사실 산을 넘으면 고기리의 초입인 손기마을까지 가는 시간을 절반 이상 단축할 수가 있다. 밤길이라지만 그들은 그만큼 젊었고, 그래서 어둠이 크게 문제가 되지는 않았다.

산을 넘어서자 바로 손기마을이 보였다. 기철네 뒷산에서 흘러내린 냇물은 '샛말내', '장투리천', '손기천' 등으로 불리면서 아래로 아래로 흐르고 있었다. 멀리 머내의 주막거리에서 빛나는 밝은 불빛들이 그 냇물을 마중 나오는 것만 같았다.

그들은 흙담 골목과 울타리 골목을 요리조리 지나 제법 마당이 큰 집으로 들어섰다. 누군가 마당에서 그들을 맞이했다. 오늘 안양장에서 잠깐 보았던 안종각이었다. 집은 초가였으나 토방이 높았고 앞마루와 대청마루가 아주 넓었다. 대청마루에는 많은 사람들이 앉아 있었다. 청년들만 모이는 줄 알았더니 아버지 또래의 어른들도 있었고, 어머니 같은 여자들도 움직이고 있었다. 무슨 잔치를 앞두고 준비하는 집 같았다. 기철보다 나이가 많은 누나들도 몇 명 보였다.

서준은 잔뜩 긴장하고 있는 기철한테 슬쩍 귀엣말을 했다.

"실은 여기서 내일 있을 만세운동 준비를 하기로 했는데, 널 꼭 데려오고 싶었어. 난 널 아끼고 믿는 동생이라고 생각하고 있기에, 몇 번이나 생각하고 또 생각해서 내린 결정이란다. 근데 네가 불편하면 지금이라도 돌아가면 돼. 알았지?"

그런 말을 듣자 뭔가 가슴이 뭉클해지는 것 같았다. 기철은 두렵기도 했지만 옆에 서준이 있으니까 괜찮을 것이라고 생각했다.

대청 곳곳에서 호롱불이 타오르고 있었다.

뭔가 알 수 없는 긴장감 때문에 기철은 제대로 숨도 쉴 수 없었다.

안종각이 앉은뱅이책상 앞에 앉더니 모두를 둘러보았다. 그는 먼 곳에서 와 준 사람들에게 고맙다는 말을 하고는 본론을 끄집어

냈다.

"제가 오늘 안양장에 가서 당목을 사오려고 했는데, 포목점에서도 천을 팔지 않아요. 왜놈들이 다 압수를 해 간다고 하니까. 요새 만세운동이 사방에서 일어나다 보니 그런가 봅니다. 그래서 할 수 없이 이불 홑청을 뜯기로 했어요. 참여 인원이 얼마나 될지는 모르겠지만 우리 마을이 100가구 정도 되니까, 한 집에 한 명씩만 참여한다고 해도 100명입니다. 그러니까 적어도 100개 이상은 만들어야 해요."

"근데 그렇게 많이 참여할까요? 시간도 없는데 한 30~40개만 만들지요."

"아닙니다. 최소 100개 이상은 만들어야 합니다."

안종각이 다시 말했다. 그러자 다른 사람들도 더 이상은 말하지 않았다.

기철은 태극기 100개를 만들려면 어느 정도의 당목이 필요한지도 가늠할 수 없었지만, 여자들이 여러 채의 이불을 끄집어 내놓고는 홑청을 뜯어내는 것을 보았다. 저렇게 홑청을 다 뜯어내면 이 집 사람들은 어떻게 잠을 잘 수 있는지 묻고 싶었다. 안종각은 나라만 독립된다면 들판에서 이불 없이 자더라도 행복할 것이라고 말했는데, 이상하게도 그 말이 골짜기에서 울려 퍼지는 메아리처럼 고막에서 몇 번이나 울렸다.

"자, 이쪽으로 와서 먼저 만들어진 것을 보세요. 나도 태극기라는 것을 이번에 첨 봤습니다. 농부가 이런 걸 어찌 알겠습니까? 태극기는 이렇게 동그란 원을 그린 다음, 그 안에 청색과 붉은색을 그려 넣고, 동서남북으로 작대기처럼 생긴 것들을 그려야 하는데…."

안종각이 말을 마치자, 여자들이 뜯어낸 홑청을 일정한 간격으로 잘랐다. 그러면 청년들이 다른 천이나 옷감을 잘라서 이리저리 붙이기 시작했다. 하얀 홑청에다 먹으로 원을 그리고 청색과 붉은색을 칠하기도 했는데, 색 물이 절대적으로 부족해 청색을 먹색으로 대신하기도 했고, 붉은색 역시 그와 비슷한 색으로 칠하기도 했다.

"아이고, 여기다 선을 잘못 그렸네. 네 개 작대기 모양으로 해야 하는데…."

"괜찮아요. 그런 것 하나 정도는 틀려도 됩니다. 마음이 중요해요."

"이제 안 틀릴게요. 왼쪽부터 수직으로 세 개, 네 개, 다섯 개, 여섯 개 식인데…."

"이것이 동서남북을 의미한다 이거죠? 동서남북 나쁜 액을 막아 내고, 동서남북 다 평화롭게 잘살라는 의미다 이거죠?"

그렇게 청년들과 어른들이 어우러져서 중얼중얼 때로는 틀렸다고 크게 소리치기도 하고, 때로는 잘 만들었다고 박수치기도 하고, 때로는 색 물이 연해서 아쉽다고 두리번거리기도 하면서 태극기를 만들어 갔다.

대청마루 한쪽에서는 남자 어른들이 먹을 갈아 댔다.

안종각이 둘둘 말린 한지를 펴면서 말했다.

"이건 지난 3월 1일 전국적으로 뿌려진 독립선언서입니다. 자, 한 자 한 자 보고 또박또박 써 주세요…."

기철은 말로만 들었던 독립선언서를 보자 묘하게도 흥분이 됐다. 대부분 기철이 아는 한자였다. '吾等은 玆에 我 朝鮮의 獨立國임과 朝鮮人의 自主民임을 宣言하노라….' 기철이 저도 모르게 읽어 나가자 막 붓을 놀리려고 하던 어른이 보고는, "너도 글을 쓸 줄 알면 어서 덤벼들어라!" 하며 끌어당겼다. 태극기를 만드는 쪽에 있던 서준이 기철은 서당에서도 글을 잘 써서 훈장님한테 늘 칭찬 듣는 아이라고 추켜세웠다. 기철은 그런 칭찬이 부담스러웠지만 막상 붓을 잡자마자 마음이 편안해졌다.

기철은 한문과 한글을 비교해 가면서 써 내려갔다.

기철이 집에 왔을 때는 안방에도 불이 꺼져 있었다. 불만 잠들었을 뿐이지 두 분은 지금 이불 속에서 끊임없이 뒤척거리면서 어쩌면 영원히 새벽이 밝아 오지 않기를 바라고 있을 것이다. 기철은 내일 아버지가 만세운동에 나서지 않을 것이라고 확신하고 있었다. 평소 어머니를 대하는 아버지를 보건데 아픈 과거를 품고 살아가는 어머니의 간절한 눈빛을 짓누르면서까지 나서지는 않을 것이다. 기철이 본 아버지라는 남자는 드러내 놓고 어머니에게 사랑한다는 감정을 표현하는 데는 서툴지만, 한번 달궈지면 사흘 이상 따뜻하게 허리를 풀어 주는 기철네 안방 아랫목 구들장 같은 사람이었다.

아무튼 기철은 아버지의 생각을 존중할 것이다. 게다가 오늘밤여러 사람들이랑 모여서 태극기를 만들고 독립선언서까지 쓰고오자 조금은 마음이 편안해졌다. 직접 만세운동에 나서지는 못한다고 해도 뭔가 보탬이 됐다는 생각이 들었기 때문이다. 사실 기철은 집으로 오면서 서준한테 그런 말을 슬그머니 풀어놓았다. 서준은 기철의 말꼬리를 자르면서 마을 사람들이 다 알고 있으니 너무걱정하지 말라고 했다.

"난 니네 아버지처럼 사는 게 꿈이야. 내 꿈은 독립운동가도 아니고 이순신이나 이완 장군처럼 훌륭한 사람이 되는 것도 아니야. 그냥 평범한 농부로 살아가면서, 니네 아버지처럼 농사 잘 짓고 좋은 어른으로 살아가는 거야."

아버지처럼 살고 싶다니! 그건 정말 뜻밖이었다. 기철도 아버지가 괜찮은 어른이라는 생각은 하고 있었지만, 그래도 가끔은 답답한 구석이 많아서 그걸 닮고 싶지는 않았다. 그리고 지나치게 마을일에 앞장서는 것도 조금은 불만이었다. 가끔은 급한 집안 농사일까지 미루고 다른 집 일을 거들어 주었는데, 그러다 보니 우선순위에서 밀린 집안 농사는 어머니와 기철의 몫이었다.

"기철아, 그래서 일부러 널 오늘 밤에 부른 거야. 아마 너희 부모님도 대충은 아셨을 거야. 아들이 단순한 청년들 모임에 가지 않는다는 것을 말야. 그래도 모른 체해 주었던 것은 내일 당신들이 참여할 수 없으니까 그랬을 거야. 마을 사람들이 다 알아. 너희 외갓집에 어떤 일이 있었는지…."

서준은 집 앞에서 수고했다고 하면서 기철이 어깨를 토닥여 주었다. 기철은 그런 생각을 하면서 잠자리에 누웠으나 역시 잠이 오지 않았다.

언제부턴지 바람이 문풍지를 거칠게 핥아 대고 있었다. 아까 집에 올 때까지만 해도 골짜기로 마실 나오는 바람은 순했다. 하지만 지금 안과 밖의 경계인 문풍지의 반응으로 바람의 서슬이 예사롭지 않음을 알 수 있었다. 빗방울까지 후드득 후드득 문풍지를 훑고 갔다. 다행히도 빗줄기는 길게 이어지지 않았다.

그러다가 잠깐 잠이 들었던 모양이다. 밖에서 어머니가 부르는 소리가 들렸다. 문풍지는 이미 밝아져 있었고, 마루 밑에 있는 닭장에서는 수탉이 기운차게 소리를 토해 냈다.

오늘도 기철은 마루로 나가자마자 가운데 기둥을 잡고 하늘부터 쳐다보았다. 오싹 몸이 떨렸다. 하늘은 구름 한 점 없어도 거의 한겨울 같은 느낌이 들었다.

기철이 방으로 들어가서 벽에 걸린 두꺼운 겨울옷을 입고 나오자, 어머니는 어서 뒷산 감자밭에 나가 보라고 했다. 벌써 감자를 심어야 했지만 쟁기질을 하지 못해서 많이 늦어 버렸다. 아버지는 새벽에 일어나자마자 쟁기의 발에다 새 보습을 신겨서 지게에 지고 밭에 나간 모양이었다. 아마도 보통 때라면 새벽일 나간 아버지한테 가 보라고 하지 않았을 것이다. 하지만 오늘은 아주 특별한 날이었고, 어머니는 잠시라도 아버지가 눈에서 보이지 않으면 불안해서 아무런 일도 하지 못했다.

아버지는 벌써 제법 많은 밭고랑을 뒤집어 놓았다. 아버지랑 호흡을 맞추는 암소는 부리망을 쓰고 있었는데 거품 같은 하얀 침을 끊임없이 흘리고 있었다. 기철을 보고도 아버지는 뭐라 말이 없었고, 잠시 쉴 때도 광교산 자락만 바라볼 뿐 뭐라 말을 던지지 않았다.

위쪽 산밭에서 서준이 쇠스랑을 어깨에 맨 채 내려왔다.

"이야, 밭고랑이 자로 잰 것 같네요. 저는 언제나 저렇게 쟁기질할 수 있을까요?"

"내가 쟁기질 하냐! 저 소가 알아서 가는 것이지."

아버지는 일어나서 소 등을 몇 번 쓰다듬고는 다시 쟁기를 밀고 갔다.

서준은 기철을 보고는 환하게 웃어 주고 내려갔다.

집에 와서도 아버지는 아무런 말이 없었다. 기철네 토방에서는 마을 입구에 있는 장승이 잘 보였다. 그 장승 앞에는 벌써부터 사람들이 모여들었다. 철없는 동생들은 밥상머리에 앉자마자 떠벌렸다.

"엄마, 아빠, 마을 장승 앞에 사람들이 엄청 모였어. 오늘 만세운동 간다고 하던데? 우리는 안 가?"

"엄마, 나도 따라가고 싶어. 저기 샛말로 해서, 배나무골, 주막, 장투리를 지나 손기마을로 간대! 애들도 다 간다고 하던데!"

어머니는 쓸데없는 소리 하지 말라고 소리쳤고, 아버지는 여전히 아무런 말이 없었다. 기철은 두 사람의 눈치를 보면서 동생들에게 만세운동에는 아이들이 참여할 수 없다고 단호하게 말했다. 순사들이 아이들만 보면 잡아다가 매로 때린다고 겁까지 주었다. 순사라는 말을 들은 동생들은 겁먹은 눈빛으로 움츠러들었다.

밥을 다 먹자마자 아버지는 어머니한테 그것을 내놓으라고 했다. 그제야 어머니는 깜빡했다고 말하고는 부랴부랴 물고기 자물쇠가 걸쳐져 있는 반닫이를 열고 무엇인가를 끄집어냈다. 남바위였다. 족제비와 담비 가죽으로 만들어진 그 남바위는 증조할아버지 때부터 전해 오는 유품이었는데, 안쪽을 보면 오방색실로 자그마한 용이 수놓아져 있었다. 그 용이 나쁜 액을 막아 준다고 했다. 조금 작은 것은 어느새 기철의 손때가 많이 묻었고, 큰 것은 아버지가 쓰고 다녔다. 귀와 머리를 가리고 머리 위쪽이 트여 있는 남바위는, 뒷골을 길게 해 목덜미를 덮어 주었다. 그러니까 모자와 목도리가 합쳐진 것이었다.

"날도 차고 하니 이것이라도 주고 와야 내 맘이 편하겠네!"

봄바람이 뼛속까지 파고들었다. 그래서 춥다기보다 아프고 시렸다. 고분현 사람들은 그 바람 때문에 더욱 움츠리면서 하나둘씩 장승 앞으로 모여들었다.

아버지가 나타나자 사람들의 표정이 밝아졌다. 몇몇 사람들은 뜻밖이라는 표정을 짓기도 했지만 대부분의 사람들은 당연히 함께할 줄 알았다는 표정이었다. 안종각이랑 서준을 비롯해 몇몇 사람들이 태극기를 나눠 주고 있었다. 그 뒤쪽에는 구장이 보였다. 회색 두루마리 차림이었다.

안종각이 아버지를 보고 반갑게 인사를 했다.

"저는 함께하실 줄 알았습니다. 자, 태극기 받으십시오."

"허허허, 미안하네. 난 이거나 전해 주려고 왔네."

아버지가 남바위를 안종각한테 내밀었다. 겨우내 아버지가 쓰고 다니던 남바위였다.

"이건 남바위 아닙니까?"

"그래, 오늘은 유독 날이 차구먼. 이것만 쓰면 아무리 날이 추워도 끄떡없을 것이네. 하나는 자네가 쓰고, 하나는 구장한테…."

아버지는 뒤쪽에 서 있는 구장한테도 남바위를 내밀었다. 기철이 쓰고 다니던 것이었다. 구장은 몇 번 망설이다가 받아들고는 고맙다고 하면서 머리에다 썼다. 한결 얼굴이 편해 보였다. 아버지는 안종각한테도 어서 쓰라고 했다. 안종각은 그걸 받아서 한 번 썼다가 고맙다고 인사를 하고는 다시 벗어서 아버지한테 내밀었다.

"에이, 형님. 저는 그래도 아직 젊잖아요. 괜찮습니다. 이 정도 꽃샘추위는 괜찮아요. 이건 형님이 밭일할 때 쓰십시오. 저는 받은 걸로 하겠습니다."

"이 사람아, 받게. 이건 단순히 추위만 막아 주는 게 아니네. 우리 조부 때부터 내려오는 것인데, 이걸 쓰면 나쁜 액이 피해 간다네. 여기 안쪽을 보면 오방색실로 용이 수놓아져 있다네."

그러자 안종각은 남바위를 뒤집어 보고는 환하게 웃으면서 고개를 끄덕였다.

"형님, 그런 조상님들의 유품을 제가 어떻게…. 전 괜찮습니다. 오늘 엄청 추울 것 같아요. 형님이 쓰십시오."

안종각은 끝내 남바위를 거절하고는 이동하자고 소리쳤다. 고분현 사람들 중에서 절반가량 모인 것 같았다. 구장은 왜 나머지 사람들은 나오지 않느냐고 아쉬워했으나 안종각은 그 정도면 많이 모인 것 같다고 했다.

사람들이 태극기를 들고 샘말 쪽으로 물길을 따라 움직이기 시작했다. 사람들은 걸어가면서도 자꾸만 뒤돌아보았다. 아버지는 그 눈길을 피하려는 듯 땅만 보았다. 그리고 천천히 집으로 걸어갔다. 그런 뒷모습이 너무도 무거워 보였다.

아버지는 마당으로 들어서서 토방 위에 쪼그려 앉아 담배부터 한 대 말았다. 그 독한 연기를 가슴속 밑바닥에다 다 쟁여 넣고 나서야 어머니를 불렀다.

"여보! 여기서 살려면 저 사람들이랑 같이 모심고, 같이 밭매고, 같이 초상 치르고, 같이 대사 치고, 같이 흙 비벼 먹으면서 살려면…. 난 같이 가야겠네. 내가 저 남바위만 주고 오려고 했는데 그게 아닌 것 같네."

부엌에서 토방으로 나온 어머니는 기둥에다 몸을 기대고 있었다. 이미 이런 아버지의 행동을 예측했는지 별로 놀라지도 않았고, 큰소리로 가지 말라고 울지도 않았다. 어머니의 눈빛은 영혼이 빠져나가 버려서 그냥 텅 비어 있는 것 같았다.

"여보오."

여전히 어머니는 대답하지 못했다.

"갔다 올라네. 너무 걱정 말게."

아버지는 남바위를 쓰고 일어서다가 기철을 보고 멈칫했다.

"기철아, 넌 따라올 생각하지 마라. 명심해라. 집에서 엄마랑 같이 있어라."

여느 때하고 달리 아버지의 목소리는 쩌렁쩌렁 울렸고, 기철의 입에서 나오는 대답을 듣고서야 돌아섰다.

아버지가 마당을 벗어나자 이번에는 어머니가 기철을 불렀다.

"기철아, 따라가라. 아버지 눈에 안 띄게…. 한사코 아버지 근처를 뜨지 말고…. 아버지가 사람들 앞에 서면 네가 나서야 한다. 막아야 한다. 마누라는 남편을 막지 못해도, 아들은 아버지를 막을 수 있단다. 너만 믿는다."

기철이 멍하게 서 있자, 어머니가 다가와서 손목을 움켜쥐고는 흔들어 댔는데, 그 힘이 어찌나 세던지 하마터면 중심을 잃을 뻔했다. 어머니도 기철의 대답을 듣고서야 마루에 주저앉았다. 기철은 서둘러 집을 나갔다.

아버지가 장승 앞으로 가자 그곳으로 뒤늦게 모여서 미적거리고 있던 마을 사람들이 따라나섰다. 조금 전에 샘말 쪽으로 이동했던 사람들이랑 비슷한 무리였다.

골짜기 어딘가에다 자기들만의 요새를 구축해 놓고 끊임없이 찬바람을 출격시키는 꽃샘추위의 기세는 더욱 사나워졌지만, 길섶 어디를 둘러보아도 맨땅이 없을 정도로 앉은뱅이 제비꽃이랑 줄기만 비틀면 알싸한 향이 코를 훅 찌르면서 군침 돌게 하는 냉이꽃들이 짱짱하게 솟아오르고 있었다. 그걸 보면 찬바람이라는 것들은 인간들한테만 해코지하는 모양이었다.

샛말을 지나 언덕배기에 있는 배나무골로 접어들자 요란하게 함성 소리가 울려 퍼졌다. 구장네 마당에는 발 디딜 틈도 없이 사람들이 모여 있었다.

아버지가 고분현 나머지 일행들을 데리고 나타나자 사람들이 박수로 환영했다.

구장이 토방에서 뒷짐을 지고 뭐라고 말을 했다. 우리 민족의 독립을 위해서 이 산골짜기에서 살아가는 우리 고기리 농부들이 일어났다는 연설을 했고, 그것은 정말 위대한 일이고 우리 후손 대

대로 아주 자랑스러운 일이라고 했다. 그런 다음 대한 독립 만세 삼창을 하고는 아래쪽으로 이동하기 시작했다.

수원장을 갈 때 반드시 넘어야 하는 언덕말고개가 보였고, 그 아래쪽에 있는 주막집에서 따뜻한 연기가 굼실굼실 솟아오르고 있었다.

기철은 사람들 무리에서 한참이나 떨어져 걸었다.

사람들이 흔들어 대는 태극기를 멀리서 보자 꼭 꽃송이 같았다.

만세운동에 나선 사람들은 장투리 사람들이랑 합류했다.

"대한 독립 만세!"

"조선 독립 만세!"

"고종 황제 만세!"

"왜놈들은 물러가라!"

그렇게 별의별 구호가 다 터져나왔다. 평소에는 두꺼비처럼 입을 꾹 다물고 살아가는 농부들의 가슴속에 그토록 강렬한 열망이 숨어 있는 줄은 몰랐다.

기철은 하나하나 쳐다보면 거의 다 아는 사람들이지만 저렇게 무리를 지어서 만세를 외치는 사람들을 보니 이상하게도 낯설어지기도 했다. 전혀 다른 세상에서 살아가는 사람들처럼 생각이 됐다.

만세운동 대열은 손기마을 사람들이랑 합쳐져서 헤아릴 수 없을 정도로 길어졌다. 기철도 그 대열 속으로 빨려들었다. 기분이 묘했다. 작년이던가? 수원으로 설 대목장에 가던 행렬이 이렇게 길었던 적이 있었는데, 그때하고는 기분이 전혀 달랐다. 마을 사람들이랑 같이 모내기하러 가던 느낌하고도 달랐다. 뭔가 불안하면서 막상 옆을 보면 왠지 든든해지는 것 같았고, 꼭 자기 자신이 이 자리에 있어야만 될 것 같은 그런 느낌이었다. 그러다가 다시 뒤를 두리번거려 보면 평소 하찮게 생각하거나 평판이 좋지 않은 사람이라고 해도 이 순간만큼 꼭 이 자리에 있어야 할 것 같은 느낌이 들었고, 그래야만 조금은 덜 불안해지는 것 같았다. 심지어 다리를 절어 초상이 났을 때도 상여를 메지 못하고 구경만 하던 사람도 오늘은 당당하게 껴 있었고, 앉은뱅이라고 은근히 놀림받았던 사람도 태극기를 흔들었고, 벙어리인 아무개 아재까지도 눈에 띄었다. 족히 100명은 넘어 보였다. 더구나 손에 손에 태극기까지 높이 추켜들자 사람들이 더욱 많아 보였다.

구장이 다시 한 번 연설을 했다. 구장은 지금 여기 모인 인원이 150명도 넘는다고 하면서, 가구당 한 명 이상은 다 참여한 것 같아서 더욱 힘을 느낀다고 했다. 아마도 마을 전체가 이런 거사에 나선 경우는 드물 것이라고 하면서, 반드시 우리의 힘을 모아 빼앗긴 나라를 되찾자고 소리쳤다. 그때마다 여기저기서 박수가 터져 나왔다.

기철은 새삼스럽게 한 사람 한 사람 훑어보기 시작했다. 고분현 사람들은 두 집을 빼고는 모두 참여했음을 알 수 있었는데, 한 집은 그저께 밤에 아기를 출산해 내외가 움직일 수 없었고, 또 한 집은 식구들이 노모의 임종을 기다리고 있는 터라 움직일 수 없었다. 샛말이나 배나무골도 거의 빠짐없이 참여한 것 같았다. 장투리와 손기마을 사람들도 몇 가구만 빼고는 거의 다 참여했다고 서준이 귀띔해 주었다. 그제야 기철은 아버지의 결정이 어머니를 아프게 했지만, 그것은 어쩔 수 없는 선택이었구나, 하고 생각했다. 아버지가 빠졌다고 해도 마을 사람들이 충분히 이해해 주겠지만, 아버지 입장에서는 두고두고 마을 사람들에게 미안해 할 만한 일이었을 것이다.

그런 생각을 하면서 따라가다 보니 어느새 머내 주막거리가 가까워졌다. 갑자기 만세 소리가 커졌다. 이미 주막거리에는 엄청나게 많은 사람들이 모여 있었다. 도대체 몇 명이나 되는지 기철은 가늠할 수 없었다. 사람들이 주고받는 말을 들어보니 얼추 400명은 넘는 것 같았다.

사람들은 수지면사무소 쪽으로 움직이기 시작했다.

주막거리에서 면사무소까지는 약 5리 길이었다. 그 넓은 길이 만세운동에 나선 사람들로 가득 차 버렸다. 사람이 너무 많다 보니 아이들도 보였고, 가끔씩 개들도 쭐레쭐레 따라왔다.

사람들은 금세 수천 명으로 불어났다. 그쯤 되자, 기철은 자신의 의지하고는 무관하게 흘러갔다. 몸에 달린 발이 자신의 몸뿐만 아니라 다른 사람들의 몸까지 밀어내고 끌어당긴다는 생각도 들었다. 그러면서 물 같다는 생각까지 들었다. 기철은 생전 처음으로 골짜기에서 흘러내리는 물도 발이 달렸을지 모른다고 중얼거렸다. 그래서 물은 하나하나 떨어져 있지 않고, 그렇게 서로의 몸을 의지하면서 아래로 아래로 흘러가는지도 모른다. 그렇게 서로의 몸을 의지하면서 살아가는 물은 강하고, 아무리 힘이 강한 것이라고 해도 그 물길을 막아 낼 수 없다. 불난 끝은 있어도 물 난 끝은 없다는 말도 물의 힘이 강하다는 것을 의미한다. 이 세상에서 물길을 이겨 낼 수 있는 것은 없다고 기철은 생각했다. 그러면서 지금 사람들의 행렬이 그런 물결처럼 강하다고 마음속으로 소리쳤다.

아직까지는 일본 헌병이라고는 꼴도 볼 수 없었다. 만약 헌병들이 나타난다고 해도 저 많은 사람들을 어찌할 수 없을 것 같은 묘한 자신감이 기철의 마음속에서 꿈틀거렸다.

면사무소 앞에도 헌병들은 보이지 않았다. 사람들은 헌병들이 겁이 나서 달아났을 것이라고 말했다. 안종각이 사람들 앞에 나가서 독립선언서를 큰소리로 낭독했고, 또 다른 사람이 나와서 왜 우리가 만세운동에 나서야 하는지 연설을 했다. 그 사람은 우리가 만세운동에 나서지 않으면 왜놈들이 바보 취급을 할 것이며, 우리는 영영 왜놈들에게 종노릇하면서 살아야 한다고 했다. 그러면서 만세 삼창을 했다. 사람들의 함성은 하늘을 찔렀다.

사람들은 군청이 있는 구성면 쪽으로 움직이기 시작했다. 점점 만세를 외치는 목소리가 커졌다. 꽹과리 소리와 북소리도 커졌다.

그러다가 갑자기 "탕!" 하고 총소리가 울려 퍼졌다. 가까이서 들은 총소리는 벼락 치는 소리만큼 컸다. 고막이 멍해졌다.

뭐라는지 알 수 없는 왜놈들 목소리가 허공을 갈랐다.

또 다시 연달아 총소리가 울렸다. 사람들은 비명을 지르면서 달아나려고 했다. 그러다가 뒤엉키고 넘어지면서 아수라장이 됐다. 그래도 대한 독립 만세를 외치는 목소리는 끊어지지 않았다.

기철은 아버지를 찾으려고 두리번거리다가 "아버지이!" 하고 부르면서 뛰기 시작했다. 대열의 중간쯤에 있던 아버지는 어느새 맨 앞쪽에 있는 구장이랑 안종각의 옆으로 가서 만세를 외치고 있었다. 남바위 때문인지 아버지랑 구장은 쉽게 알아볼 수 있었다. 아버지는 안종각이랑 거의 붙어 있었고, 총을 쏘는 헌병들을 향해 뭐라고 소리치고 있었다. 그때 다시 총소리가 고막을 흔들었고, 아버지 옆에 있던 안종각이 쓰러졌다. 곧이어 아버지도 쓰러졌고, 구장도 쓰러지는 것 같았다. 계속 총소리가 울렸고, 비명 소리가 하늘과 땅 사이를 가득 메웠다.

"아버지이! 아버지이! 아버지이!"

기철은 지금까지 살아온 모든 힘을 모아 소리쳤지만, 그 소리는 번번이 총소리에 묻혀 버렸다. 몇 번이나 다른 사람들과 부딪히거나 엉키면서 넘어지고 뒹굴었다. 그리고 다시 일어나자 누군가 기철의 입을 막았다. 서준이었다.

"안 돼! 소리치면 헌병들이 총을 쏠 거야!"

기철은 아버지가 총에 맞았다고 생각했다. 그래서 아버지를 구해야 한다고 소리치려고 했지만, 그럴수록 서준은 기철의 입을 강하게 틀어막고는 막 코를 뚫는 송아지를 제압하듯이 팔을 비튼 다음 옆으로 잡아끌었다. 기철 앞으로 헌병 기마대가 지나갔다. 하마터면 큰일을 당할 뻔했다. 기철은 서준이 미웠다. 어서 아버지를 찾아야 한다는 생각뿐이었다.

"기철아, 제발 형 말 들어라. 아직은 누가 총에 맞았는지 몰라. 그리고 지금 소리치고 나서면 우린 다 죽어! 그러니 일단 주막거리 쪽으로 가자! 다들 그쪽으로 갔을 거야!"

그 말을 듣고서야 기철은 온몸의 힘을 풀어 버렸다. 하염없이 눈물이 얼굴을 타고 내렸다. 제발 아버지가 무사하기만을 바라면서 그 짜디짠 눈물을 빨아 먹었다.

*

도대체 몇 시쯤 됐는지 알 수가 없었다. 평상시라면 저녁상을 물리고 평온하게 안방에 앉아서 식구들끼리 도란거리다가 어린 동생들은 꿈나라로 빠져들었을지도 모른다.

주재소 앞에서 누군가 걸어오자 땅바닥에 앉아 있던 사람들이 소란스럽게 일어났다. 주재소에서 근무하는 조선인이었다. 키가 작고 땅딸막한 그 사람은 일본말로 뭐라고 소리쳤다가 다시 조선

말로 다 끝났다고 소리쳤다.

"한 명씩 주재소 밖으로 내보낼 테니까, 그때 가족들만 와서 데리고 가시오. 만약 우르르 몰려오면, 다시 한 번 경고하지만 지금 일본 헌병들도 오늘 종일 굶은 채 여기저기 만세운동 진압하러 다니다 보니 신경이 아주 날카로워져 있소. 이런 날은 새나 개들도 몰려다니면 총에 맞소! 알아서들 하시오!"

그는 재빠르게 돌아서서 걸어갔다. 오늘 만세운동을 하다가 잡혀간 열여섯 명의 가족들이 서너 명씩 무리 지어서 따라가기 시작했다. 이미 주재소 문 앞에는 태형을 당한 두 사람이 "아이고, 아이고!" 하면서 뒹굴고 있었다. 누군가 "여보오!" 하고 통곡하면서 뛰어갔다. "아버지이!" 하는 소리도 들렸다. 헌병들은 몰려오는 사람들이 많아지면 즉시 총을 들이대면서 해산하라고 했다. 주재소 안에서 또 다른 사람이 끌려나왔다. 헌병들은 태형당한 사람을 주재소 문밖으로 짐짝 부리듯이 팽개쳤고, 그 사람은 "아이고!" 하면서 앞으로 꼬꾸라졌다. 그때마다 "여보오!", "아버지이!", "아재!" 하는 소리가 울려 퍼졌다.

그렇게 한 사람씩 주재소 밖으로 끌려나올 때마다 어머니는 뭐라고 읊조리면서 기도하듯이 두 손으로 가슴을 눌러 댔다.

태형 90대라고 했는데, 얼마나 심하게 맞았는지 나오는 사람들마다 반송장이나 다름없었다. 그들은 이미 직립보행 하는 인간이라고 할 수 없었고, 간신히 올챙이들처럼 배밀이를 해야만 어딘가로 이동을 할 수 있었다. 그러니까 혼자서는 거동할 수가 없었다. 우선 힘센 장정들이 그들을 들쳐 업고 주재소 정문에서 으르렁거리는 헌병들의 사정거리를 벗어난 다음, 옷을 찢고 근처에서 나무를 구해다가 들것을 만들어야 했다.

아버지는 열네 번째로 나왔다. 유일하게 주재소 문을 걸어서 나왔다. 뒤따르던 헌병들에게 뭐라고 말을 하고는 논두렁에 물꼬 막으러 가는 사람처럼 뚜벅뚜벅 걸어 나왔다. 어머니가 먼저 뛰어갔다. 아버지는 그런 어머니에게 괜찮다는 말을 몇 번이나 되풀이했다.

그러고는 주재소의 불빛이 보이지 않을 만큼 멀어진 어느 밭두렁에 와서야 털썩 주저앉았고, 그것을 본 어머니가 "여보오!" 하고 비명을 지르듯이 소리쳤다. 아버지는 어머니의 어깨를 오히려 감싸 안으면서 애써 웃음을 떠올리려고 했다. 그런 다음 구겨질 대로 구겨진 남바위를 어머니한테 내밀면서 "이것 때문에 살았네!" 하고 낮게 신음하듯이 말을 했다. 어머니가 받아든 남바위에는 붉은 핏물이 눈썹달처럼 배어 있었고, 총알이 뚫고 간 구멍이 두 군데나 있었다. 그걸 본 어머니는 손을 덜덜덜 떨고 있을 뿐 한 마디도 뱉어 내질 못했다.

"안종각이 쓰러지는 걸 보고 그쪽으로 몸을 날렸는데, 그때 왜놈 헌병들이 나한테 사격을 했고 그대로 죽었다고 생각했는데, 눈을 떠 보니 나만 왜놈들에게 끌려가고 있었네. 순간 이 남바위가

총알을 막아 줬구나, 생각했지. 근데 구장이랑 안종각이는 어찌 됐
냐?"

뒤에 서 있던 서준이 대답했다.

"아저씨, 구장님은 무사하시지만 헌병들에게 주동자로 잡혀서
아마 수원으로 끌려간 것 같고요. 하지만 안종각 아재는 총을 세
방이나 맞아서…. 지금 아주 위급한 상황이라고 합니다."

아버지는 순간적으로 몸을 휘청하더니 다시 받아든 남바위를
보면서 부르르 손을 떨었다. 그러고는 뭐라고 중얼거렸다. 분명히
남바위 어쩌고 하는 것 같았지만 정확한 말은 알 수 없었다. 아버
지는 한참 만에 중심을 잡고 일어나서 걸었다.

서준은 들것을 준비해 올 테니 무리하지 말라고 말했다. 그래도
아버지는 한사코 괜찮다고 하면서 고개를 흔들었다. 근처에서 도
랑물 흐르는 소리가 들렸고, 땅에는 하얀 냉이꽃들이 몰려나와 있
었다. 아버지는 총구멍이 뚫린 남바위를 다시 쓰고는, 냉이 줄기
하나를 뜯어 입으로 가져가서 자근자근 씹었다.

"괜찮아, 괜찮아! 냉이 냄새도 나고 그 맛도 느껴지는 걸 보니
죽지는 않았구먼! 제발 종각이랑 구장이 무사히 살아와서, 이런
밭두렁에서 풀 냄새 안주 삼아 술 한잔하면서…."

아버지는 말을 이어 가지 못하고는 울먹였는데, 묘하게도 기철
은 소 울음 소리가 나는 것 같았다. 기철은 몇 번이나 귀를 후벼 파
다가 아버지처럼 자신도 은연중에 냉이 순을 뜯어서 씹어 대고 있

다는 것을 알았다. 해마다 봄날이면 밥상에서 만나던 냉잇국만 생각했는데, 지금 이 순간에는 단순한 풀이 아니라 누군가의 살을 씹고 있는 것만 같았다.

# 고기리 만세운동, 그리고 그 후

소설의 무대인 고기리는 경기도 용인시 수지구에 있으며, 광교산 골짜기에 깃들어 있는 고분현, 샛말, 배나무골, 장투리, 손기마을, 이렇게 다섯 개의 자연부락으로 이루어졌다. 이 지역은 산세가 험하고 논밭이 적어서 농부들의 삶은 아주 가난했다. 마을은 깊은 산골이었지만 수원장이나 안양장으로 가는 길목에 있었고, 조금만 나가면 삼남대로변에 머내 주막거리가 있어서 나라에서 벌어지는 크고 작은 사건 이야기들을 쉽게 접할 수 있었다. 그래서 이곳 농부들의 정치적 의식은 다른 곳보다 더 깨어 있었다.

'고기리 만세운동'은 1919년 3월 29일에 일어났다. 마을에서 살고 있는 안종각과 이덕균이 주도했다. 만세운동이 일어난 다른 지역을 보면 외지에서 살던 지식인들이 귀향해 주동하는 경우가 많은데, 고기리는 마을에서 살던 평범한 농부들이 스스로 만세운동을 주도했다. 이덕균은 당시 구장이었고, 안종각은 30대 초반의 평범한 농부였다.

고기리 만세운동에는 100여 명의 사람이 참여했다. 당시 고기리에는 97가구가 있었으니까, 어린이와 노약자를 제외하고는 마을사람 거의 대부분이 참여했다. 이렇게 참여율이 높은 지역은 전국적으로도 그 사례를 찾아볼 수 없다. 그것이 고기리 만세운동의 큰 특징이다.

고기리에서 모인 사람들은 큰 주막거리가 있는 머내(지금의 용인시 수지구 동천동)로 이동해서 다른 지역 사람들과 합세한 다음, 수지면사무소를 지나 군청이 있는 쪽으로 행진을 하다가 헌병들에게 저지당했다. 헌병들이 총을 발포해 두 명이 사망했다. 그중 한 사람이 안종각이다. 또한 이덕균은 현장에서 잡혀 보안법 위반으로 1년 6개월 형을 받았고, 고기리 주민 세 명, 다른 지역 주민 열세 명이 잡혀 태형을 받았다.

이 지역에서는 작년에 '3·29만세운동'을 그대로 재현하는 행사가 열렸다. 고기리에서 사람들이 모여 머내 주막거리를 향해 행진하면서 다채로운 행사를 한다. 집결 장소인 고기초등학교는 만세운동 이후에 만들어진 학교지만 실은 서당의 오랜 전통을 이어 왔다고 할 수 있다. 서당의 한계를 느낀 고기리 사람들이 만세운동이 끝난 뒤에 고기강습소로 확대해 신학문을 아이들에게 가르쳤고, 그것이 발전해 깊은 산골짜기에 초등학교가 들어서게 된 것이

3 · 29만세운동 재현 행사 모습

이덕균 사진을 붙여 만든 현수막

다. 지리적 조건을 보면 보다 더 넓고 교통이 편하고 사람들이 많은 머내에 학교에 들어서야 했지만, 고기리에 초등학교가 들어섰다는 것은 그만큼 이 지역 사람들이 교육을 중시했다는 뜻이기도 하다.

고기초등학교에서 시작하는 3·29만세운동 재현 행사는 고기리와 머내 주민 약 300여 명이 참여한 가운데 머내 주막거리까지 옛길을 따라 이동하면서 진행된다. 준비 모임에는 머내여지도 모임, 고기교회, 소명중·고교, 밤토실도서관, 이우지역연대위원회, 머내풍물패연합 등 10여 개 기관·단체가 참여한다.

이 지역 역사와 지리를 공부하는 '머내여지도' 모임은 머내 지역 3·1운동 모습을 당시 판결문, 후손들의 증언 등을 통해 복원하는 한편 만세 행렬이 지나갔던 길도 당시 지도와 현재 지도 비교 답사를 통해 상세히 고증해 냈다. 특히 어린이와 청소년이 많이 참여하고, 행사 당일 사용할 태극기도 직접 만든다. 이 행사는 단순히 3·29만세운동 재현이라는 틀에서 벗어나 신도시 지역이자 '난개발' 대명사로 꼽히는 수지 지역 원주민과 이주민이 함께 어울리는 자그마한 계기가 됐다.

통영의 꽃, 국회

1919년 4월 2일
#경상도 통영

**박경희**  경기도 양평에서 태어났다. 자연에서 뛰어놀던 힘으로 글을 쓰고 있다. 20여 년간 라디오 방송에서 구성작가 일을 했고, 2006년 프로듀서연합회 한국방송작가상을 수상했다. 2002년 동서커피문학상 소설 부문에 당선됐고, 2004년 《월간문학》에 단편소설 〈사루비아〉가 실리면서 등단했다. 탈북학교인 '하늘꿈학교'와 전국 중고등학교 학생을 위한 문학 수업 및 강연을 하며 청소년들과 소통하고 있다. 지은 책으로는 《난민 소녀 리도희》, 《류명성 통일빵집》, 《여섯 개의 배낭》(공저), 《고래 날다》, 《분홍 벽돌집》, 《몽골 초원을 달리는 아이들》, 《엄마는 감자꽃 향기》, 《감자 오그랑죽》 등이 있다.

빼앗긴 땅에도 봄은 어김없이 찾아왔다. 부산의 산과 들은 봄꽃들의 향연이었다. 법정을 향해 가는 길목도 바람결에 흩날리는 꽃잎들로 장관을 이뤘다. 눈물겹도록 화사한 계절에 푸른 죄수복을 입은 국희는, 수갑을 찬 채 칙칙한 회색 건물 안으로 들어섰다.

## 부산법원 통영 담당

조선총독부 판사 앞에 선 국희의 모습은 패잔병처럼 초췌했다. 단발머리에 화장기 없는 얼굴만 보면, 화사한 등불 아래서 춤추고 노래하던 기생이었다는 것이 믿어지지 않았다. 그러나 눈빛만은 형형했다.

국희는 통영경찰서에서 워낙 고문을 심하게 받아 심신이 지쳤다. 홍도와 민호 선생 소식을 몰라 전전긍긍하느라 더욱 피폐해진 상태다. 홍도와는 현장에서 같이 체포됐기에 자주 볼 줄 알았다. 일본 순사들은 끝까지 악랄했다. 야학당 사람들은 물론 홍도와 국희를 철저하게 고립시킨 뒤, 재판장 앞에 세웠다. 공범자끼리 입을 맞출 기회를 주지 않겠다는 의도였다.

구레나룻을 기른 조선총독부 판사는 가만히 있어도 살기가 느껴졌다. 그는 탐색하는 듯한 눈으로 국희를 뚫어져라 살폈다. 잠시 후, 서류를 뒤적이며 단도직입적으로 물었다.

"피고 이국희, 본명 이소선! 왜 기생인 신분에 걸맞지 않게 독립운동을 했나?"

판사의 비열한 질문 앞에서도 국희는 담담했다. 그녀는 의자를 끌어 등을 붙인 뒤, 꼿꼿한 자세로 판사를 올려다보았다.

**"판사님. 제가 여성으로서 본남편과 간통남이 있는데, 어느 남자를 받들어 섬겨야, 여자의 도리에 합당하겠습니까?"**

국희의 뜻하지 않은 질문에 판사의 얼굴이 벌겋게 변했다. 몹시 당황한 빛이 역력했다.

"물론 본남편을 섬겨야지."

얼떨결에 대답을 한 판사가 눈을 흡뜨고 국희를 노려보았다. 국희는 마음속으로 쾌재를 불렀다. 그러나 최대한 차분한 목소리로 대답했다.

**"저의 본남편은 조국입니다. 기생도 나라를 사랑하는 백성입니다. 그래서 목숨 걸고 만세운동에 나섰습니다."**

국회의 대답에 관람석이 찬물을 끼얹은 것처럼 조용해졌다. 잠시 후, 웅성거리는 소리가 들림과 동시에 누군가 조심스럽게 박수를 쳤다. 화가 난 판사는 국회에게 더 묻지도 않고 재판을 끝내 버렸다.

## 피고 이소선, 죄명 보안법 위반, 6개월 징역

경찰도 검사도 판사도 모두 제멋대로였다. 국회는 호송차에 실려 부산감옥으로 송치됐다. 통영에 살 때 그토록 가 보고 싶던 부산을 죄수의 몸으로 오게 될 줄은 상상도 못 했다. 국회는 죄질이 나쁜 흉악범들이 모인 방으로 배정받았다. 이 또한 고립 작전이라는 것을 국회는 누구보다 잘 알았다.

"여기서는 딴생각을 하면 하루하루가 지옥이다. 그저 단순하게 머리를 비우는 훈련을 해라."

일본인 교도관이 어눌한 말로 국회에게 명령했다. 국회는 경찰서에서 고문을 당하면서부터 터득한 게 있다. 일본 순사들 앞에서는 대꾸를 않는 것이 최선의 방법이라는 것을.

감옥에서의 삶은 지루하면서도 고통스러웠다. 간간히 들리는 고문당하는 동지들의 절규 외에 아무 소식도 들을 수 없었다. 망망대해를 홀로 떠다니는 것 같았다. 바람결에 히로토 순사부장에게 민호 선생이 잡혔다는 소식은 들었다. 그러나 어느 감옥에 수감됐는지는 알 수 없었다. 홍도가 고문 끝에 거짓 자백을 한 것은 아닌지 몹시 궁금했지만 알 방법이 없었다. 야학당 사람들은 절대 면회조차 시켜 주지 않았다.

감옥에서의 유일한 낙은 운동 시간뿐이었다. 국희는 울타리 속에 숨어 피고 지는 무궁화 꽃을 만나는 재미로 살았다. 무궁화는 진딧물이 속살까지 침입해 괴롭혀도 다음 날 운동 시간에 나가 보면, 거짓말처럼 하얀 얼굴로 국희를 맞았다. 질긴 생명력이 놀라웠다. 전혀 예쁘지 않은 꽃이지만 볼수록 정이 갔다. 죽었는가 싶으면 다시 살아나는 꽃. 국희는 자신도 무궁화처럼 다시 피어나길 꿈꿨다.

감옥에서의 6개월은 길고도 짧은 시간이었다. 꽃봉오리가 피어오르는 봄날 경찰서에 들어가 고문을 당하고, 무궁화가 피고 지는 여름에 감옥살이를 하고, 단풍이 짙게 물드는 가을에 석방 소식을 듣게 됐다.

마중 나올 이 하나 없는 감옥 문을 나서며, 국희는 발밑에 나뒹구는 낙엽과 눈을 마주쳤다. 자신의 처지와 많이 닮았다는 생각이 들었다. 국희는 어디로 가야 할지 암담했다. 무심히 하늘을 올려다보았다. 먼 길을 돌아왔다는 생각이 들었다. 그럼에도 다시 혼자가 된 현실이 아프면서도 씁쓸했다.

정처 없이 낙엽 따라 걷다 보니, 지난 일들이 생생히 떠올랐다. 기방 생활에서부터 만세운동의 주동자로 체포되는 순간까지.

*

"경성에서 만세운동인가 뭔가 일어났다더니. 통영까지 뒤숭숭한 게 어째 기류가 요상치 않네. 요즘 매상도 팍팍 떨어지고⋯. 오늘은 주말이니 거물급 손님들 떼거지로 몰려와 왕창 돈주머니 털고 가면 좋을 텐데⋯."

마담이 기방마다 불을 밝히며 구시렁댔다. 국희는 대문을 열어 놓으며 답답한 마음에 통영 거리를 내다보았다.

이미 문 닫은 가게가 즐비한 거리는 유령의 도시처럼 을씨년스러웠다. 한두 대의 일제 지프만 다닐 뿐, 한산하다 못해 적막감마저 감돌았다. 해가 떨어지면 생선 떨이를 하느라 목청껏 외치던 시장 바닥 장사꾼들의 걸걸한 소리도 들리지 않았다.

왠지 세상이 변한 것 같았다. 국희도 할 수만 있다면 모든 걸 그만두고 싶었다. 하지만 갚아야 할 빚을 생각하면 꼼짝할 수 없는 처지다.

국희는 손님 맞을 준비를 하기 위해 방으로 들어왔다. 언제나처럼 낡은 옷장 서랍부터 열었다. 깊숙이 감춰 둔 주머니를 보물단지 다루듯 조심스럽게 꺼냈다. 가슴에 주머니를 끌어안자 가슴이 콩닥거렸다. 한참 후, 주머니에서 물건을 꺼내어 보았다. 금비녀 세 개와 꽤 두툼한 금반지를 보며 흐뭇한 미소를 지었다.

'금붙이 어느 정도 더 모을 때까지만 참자. 금비녀 팔아서 집안

빛 갚고 나면, 무슨 수를 써서라도 공부해야지, 민호 선생처럼.'

다시 서랍 깊숙한 곳에 주머니를 감춘 뒤, 쪽거울 앞에서 옅게 화장을 했다. 꽃가루를 말려 만든 향수를 살짝 뿌린 뒤, 비취색 한복을 입었다. 처음과는 달리 이제는 한복을 입는 것이 자연스럽게 느껴졌다. 솔직히 말해 거울 속의 자신을 보며 놀랄 때도 간혹 있긴 하다.

쟁강쟁강.

대문에 걸어 놓은 풍경 소리가 요란스럽게 들렸다. 제복 차림의 히로토 순사부장이 안으로 들어섰다. 뒤이어 샘말에 사는 용포 아재가 능글맞은 미소를 지으며 들어왔다. 밤마다 찾아오는 손님들이다. 전혀 반갑지 않은.

홍도는 히로토 순사부장의 헛기침 소리가 들리는 순간, 골방에 들어가 숨었다. 할 수 없이 국희가 히로토 순사부장의 코트를 벗겼다. 그에게서는 늘 갯비린내가 났다.

"오우! 국희. 오늘따라 더 예쁘군. 벚꽃보다 더 곱단 말이야."

히로토는 늘 하던 대로 국희에게 농을 걸었다. 국희는 온몸에 소름이 돋았지만, 억지 미소를 지었다.

"통영의 꽃, 국희의 미모는 죽지 않았죠? 하하."

용포 아재가 양손을 비비며 너스레를 떨었다. 그는 국희와 먼 친척이기도 하고 같은 마을에 살아서 누구보다 서로를 잘 알았다. 용포 아재는 일본 경찰에 나가면서부터 완전 딴사람이 됐다. 누구보다 앞장서서 마을 사람들을 괴롭히고 감시하며, 일본인의 앞잡이가 됐다. 국희는 어릴 때 같이 가재 잡으며 벼 이삭 줍기 등을 하던 용포 아재의 변신이 서러울 만큼 안타까웠다. 히로토 순사부장을 국희가 일하는 기방으로 안내한 사람도 용포 아재였다.

"어서 오세요. 순사부장 나리. 오늘은 통영 앞바다에서 갓 잡은 농어가 싱싱하고 좋은데…. 곧 올리겠습니다. 국희야, 나리 피곤하실 텐데 어깨부터 좀 주물러 드리지 않고 뭐하니?"

마담은 온몸을 비틀며 히로토에게 애교를 떨었다. 국희는 그런 마담이 늘 못마땅했다.

국희는 3년 전 아버지의 노름빚과 마을 이장이 대신 내 준 공출미 값을 갚기 위해 기방에 들어왔다. 순진하게도 국희는 기방이 밥하고 빨래만 하는 곳인 줄 알았다. 상상조차 못 했던 일을 해야 한다는 것을 안 순간부터 탈출을 꿈꿨다. 국희의 결심에 도화선이 돼준 것은 야학당이었다. 처음에는 단순한 호기심으로 야학당 문을 두드렸다. 그곳에서 만난 일본 유학생이었던 민호 선생은 국희의 삶을 송두리째 바꿔 놓았다.

국희는 히로토 순사부장이 곁에만 와도 바퀴벌레가 스멀거리는 것처럼 싫었다. 끔찍했지만 내색은 않았다.

"순사부장님은 온몸이 돌덩이처럼 단단하네요. 어깨도 우람하고…. 여자들이 좋아하는 이유를 알겠다니까요. 호호."

마담이 국희 대신 히로토의 어깨를 주무르며 입에 발린 소리를 해 댔다. 히로토는 눈을 감은 채, 천왕처럼 허세를 부렸다. 술값은 물론 접대료 한 푼도 내지 않는 순사부장 앞에서 온갖 애교를 부리는 마담을 보면, 토할 것 같았다.

'난 이 바닥에서 마담처럼 퇴기로 살지는 않을 테야.'

국희는 속으로 꿍얼대며 히로토 옆에 앉아 있었다.

"어이, 국희! 여기가 군댄가! 왜 이리 뻣뻣한 거야! 그동안 너무 예뻐했더니 자기 분수를 모르는 거 아냐? 지가 무슨 요조숙녀라고…. 정말 술맛 안 나네. 쩝."

히로토 순사부장이 이마의 팔자 주름을 꿀렁대며 핏대를 올렸다. 마담이 입술을 실룩이며 눈을 부라렸다. 옆에 앉아 있던 용포 아재가 국희의 옷고름을 살살 잡아당기며 눈짓을 했다.

"뭐해! 오늘 부장님 힘드셨어. 경성의 만세 바람이 슬슬 통영에도 불어와 뒤숭숭해서 말야. 젠장! 만세운동 좋아하네. 이럴 때 국희 너라도 살랑살랑 기분 좀 맞춰야지 뭐하는 거야?"

국희는 용포 아재를 말없이 흘겨보았다. 여드름 흉터로 얼룩진 피부가 보는 것만으로도 징그러웠다.

'남의 피 빨아 먹는 게 결국 제 무덤 파는 줄 모르고….'

"네가 도끼눈 뜨면 어쩔 건데? 너 야학인가 독서당인가 운영한다는 차민호 새끼 만난다며? 그래서 눈에 뵈는 게 없는 거냐? 조심해라. 아재니까 경고하는 거다."

국희는 소스라치게 놀랐다. 비밀로 숨긴 사실들이 아재의 입에서 술술 흘러나오다니.

'아무리 일본 순사의 발 빠른 끄나풀이라 해도 민호 선생이 야학당을 하는 걸 어떻게 알았을까. 내가 야학당에 나가는 건 또?'

국희는 점점 더 용포 아재가 무서워졌다.

"왜들 이리 시끄러워. 홍 깨지게! 어서 술상 가져오고, 국희 너는 신식 노래 한 곡 멋지게 뽑아 보라우!"

히로토 순사부장이 이글거리는 눈빛으로 명령했다. 마담이 미리 준비해 놓은 술상을 내오자, 양주를 숭늉 마시듯 벌컥, 들이켰다. 얼굴이 불콰해진 히로토가 국희 곁으로 슬금슬금 다가왔다. 고무 인형 만지듯, 아무렇지 않게 국희의 저고리 속으로 손을 집어넣었다. 국희의 안색이 흙빛으로 변해 갔다. 그럴수록 히로토의 끈적거리는 눈빛은 더욱 강렬해졌다. 그의 거친 숨소리가 온 방에 울려 퍼졌다. 급기야 검은 손이 국희의 치마 속으로 돌진해 들어왔다. 얼음장처럼 차가워진 국희는 히로토를 강하게 밀쳐 버렸다. 넋을 놓고 있던 히로토가 뒤로 나자빠졌다.

"그만하세요! 난 순사부장님 노리개가 아니란 말예요!"

국희가 이를 앙다물며 대들었다. 이 말에 더욱 화가 난 히로토는 엉거주춤 일어나 국희의 따귀를 후려쳤다.

"발칙한 년! 네가 독립투사라도 되는 줄 알아? 넌 오늘 밤 내 노리갯감으로 낙점된 기생이라고. 기생! 잊었어?"

히로토가 독 오른 뱀처럼 국희를 쏘아보았다.

"죄송합니다. 부장님. 제가 대신 사과드리겠습니다. 국희가 어려서부터 '통영의 꽃'이라고 모두 예뻐했더니 기고만장이네요."

용포 아재가 똥 마려운 강아지처럼 설설 기며 용서를 빌었다.

"기고만장? 내가 오늘 밤 기고만장이 어떤 건지 확실히 보여 주지!"

히로토가 비아냥거리며 국희의 눈, 코, 입을 곤봉으로 찔러 가며 톡톡 쳤다.

"기생도 인간입니다. 함부로 치지 마세요!"

국희의 말이 떨어지기 무섭게, 히로토의 발길질이 시작됐다. 순식간에 국희의 몸이 짚단 무너지듯 고꾸라졌다. 국희의 코피가 방바닥에 낭자하게 흘러 비취색 치마까지 빨갛게 물들였다. 국희는 일부러 고개를 들지 않았다. 그가 나갈 때까지 눈을 마주치고 싶지 않기에.

가만히 지켜보고 있던 마담이 국희를 나가라고 한 뒤, 히로토 앞에 무릎을 꿇고 사죄한 후에야, 아수라장은 정리가 됐다. 그 와중에도 히로토는 얼마 전에 새로 들어온 어린 기생을 불러 먹고, 마시고, 주무르다 돌아갔다.

"국희 너, 지금 얼굴값 하는 거니? 예전에는 손님 비위 잘 맞춰 주고 공손했는데…. 갑자기 왜 그래? 그렇잖아도 손님 끊겨서 속이 타는데…. 히로토를 잘못 건드렸다가는 문 닫아야 한다는 거 몰라? 너, 내 장사 망치려 작정했니?"

마담은 국희를 골방으로 끌고 와 악다구니를 퍼부었다. 국희는 말없이 마담의 욕설을 들었다. 국희가 대꾸를 않자, 마담은 미친 듯 소리를 질러 댔다. 똑같은 말을 백번도 넘게 반복하며 뜨거운 철판 위의 콩 볶듯 달달 볶았다. 고문이 따로 없었다. 그러나 국희는 굽히지 않았다.

국희는 스스로도 변한 자신에게 놀랐다. 일본 순사부장에게 반항을 한 자신이 대견하기조차 했다. 야학당 민호 선생의 말이 아니었으면 꿈도 꾸지 못할 일이었다.

"일본에 주권을 빼앗겼다고 해서, 모든 것을 다 잃은 것은 아닙니다. 민초는 살아 있습니다. 결초보은의 풀 '그령'을 보십시오. 아무리 짓밟혀도 결코 죽지 않고 끈질기게 살아나잖습니까. 우리도 질기고 억센 풀, 그령을 닮아야 합니다."

민호 선생의 열변 앞에 국희는 절로 고개가 숙여졌다. 국희는 처음으로 자신에 대해 생각하게 됐다. 풍비박산이 된 가족을 구하기 위해 기방에 나서긴 했지만, 영혼 없이 살았다는 생각에 부끄러움을 느꼈다.

"넌 내게 진 빚 많아. 근데 오늘 보면 당장 그만둘 것처럼 행동하던 걸. 얼굴 좀 반반하길래 거금 들여 기생학교에 보내 춤에 창까지 가르쳐 명기 만들었더니. 날 망치려 드네. 그렇게 버릇없이 굴려면 내가 투자한 돈 다 토해 놓고 나가!"

마담은 핏발이 선 눈으로 엄포를 놓은 뒤, 자기 방으로 돌아갔다.

국희는 기방마다 문단속을 한 뒤, 쪽마루에 멍하니 앉아 한숨을 내쉬었다. 새벽안개가 뿌옇게 눈앞을 가렸다. 통영 바닷가에서 풍겨 오는 바다 냄새가 코를 찔렀다. 3월 말인데도 우물가에 핀 살구나무는 꽃봉오리를 터트릴 기미조차 없었다. 꽃들도 살얼음판 같은 세상에 나오기 두려운 것일까?

"국희야, 미안해. 내가 숨는 바람에 너만 당하게 해서…."

밤새 보이지 않던 홍도가 주위를 살피며 다가왔다. 홍도를 보는 순간, 서러움이 폭풍처럼 밀려왔다. 홍도는 국희가 처음 기방에 들어왔을 때부터 살갑게 대해 준 유일한 사람이다. 팔려 온 소처럼 빚에 떠밀려 기방까지 온 자신을 아끼는 홍도를, 국희는 언니처럼 믿고 의지했다.

"국희야, 평양 예기조합 소식 들었니? 수원에 이어 진주에서도 만세운동에 나섰다네. 진주에서는 여섯 명이나 일본 경찰에 잡혀갔대…. 통영 회원들도 오늘 저녁에 연락해서 모이자. 일단 눈 좀 붙여…."

홍도가 화장실을 가다 말고 낮은 소리로 말했다. 국희는 당연히 홍도가 하려는 말이 무엇인지 알고 있다.

"전국 예기조합에서 만세운동에 나선 이야기 들었어. 통영도 이대로 있어서는 안 될 것 같아. 민초의 힘을 보여 줘야지."

국희는 골방으로 들어와 손거울을 들여다보았다. 히로토에게 맞은 얼굴이 퉁퉁 부어 괴물처럼 보였다. 화장실에 다녀온 홍도가 불빛에 비친 국희 얼굴을 보고, 깜짝 놀라 고함을 질렀다.

"밖에서는 안 보이더니…. 히로토…. 그 쪽발이 놈이 대체 널 어떻게 한 거야."

홍도는 밖으로 나가 우물물을 퍼 와 찜질을 해 주면서도 여전히 부들부들 떨었다.

"국희야. 단단히 마음먹어. 더는 일본 쪽발이한테 당할 수는 없어. 민호 선생 말처럼 우리가 나서야 할 때가 된 것 같아. 이번 기회에 기생들도 힘을 모으면 무섭다는 걸 보여 줘야 해."

홍도가 열사처럼 외쳤다. 국희는 홍도가 날로 변해 가는 모습에 놀라면서도 듬직했다. 홍도를 야학당에 데리고 가길 잘했다는 생각이 들었다.

찬물 찜질로 통증이 좀 가라앉자 온몸이 노곤해지면서 잠이 쏟아졌다. 까무룩 잠이 드려는 순간, 마담이 물귀신처럼 나타났다. 짜증이 몰려왔지만, 죽은 척 꿈쩍 않고 누워 있었다.

"난 화가 나 한숨도 못 잤는데…. 넌 퍼져 잠만 잘 자네. 얼른 일어나 목욕재계하고 옷 갈아입어. 히로토 순사부장 오늘 특근이래. 도시락 싸 줄 테니 다녀와. 순사부장이 좋아하는 장어구이하고 해장국 끓여 줄 테니까 기분 좀 풀어 주라고."

국희는 잠이 확 깨면서 참고 있던 부아가 치밀었다. 자신을 노예처럼 부려먹다 못해 경찰서까지 해장국을 싸 들고 가라니. 국희는 벌떡 일어나 마담을 향해 고함을 질렀다.

"오늘 중요한 약속이 있는데요. 직접 다녀오시지요. 저는 쪽발이 순사 비위 더는 맞출 수 없습니다."

국희는 속으로는 덜덜 떨면서도 담대하게 말했다. 민호 선생의 '죽으면 죽으리라'는 말을 생각하며 용기를 냈다.

"너 지금 막 나가기로 결심했다 이거지? 코 찔찔이 촌년 데려다 땟국물 싹 벗겨 놨더니 저 잘났다고 뻐기네. 머리 검은 짐승은 거두지 말라더니…. 네가 날 배신할 줄은 정말 몰랐다."

국희는 마담의 악다구니가 끝날 때를 기다렸다. 아무리 심한 욕을 해도 참고 들었다. 기회를 봐야 하기 때문이다. 마담은 입에 거품까지 물며 국희를 힐난했다. 국희가 대꾸를 않자, 맥이 빠지는지 슬그머니 자기 방으로 들어갔다.

국희는 두 주먹을 불끈 쥔 채, 방에 들어와 짐을 쌌다.

'언젠가는 나갈 생각을 했잖아. 조금 시간을 당겼을 뿐이야.'

국희는 스스로를 다독이며 빠르게 손을 놀렸다. 동 트기 전에 집을 나서야 했다. 옷장 서랍 깊숙이 넣어 둔 주머니를 가장 먼저 챙겼다. 마담이 준 구리무와 물 스킨 등 화장품이며 옷가지는 모두 남겨 놓았다. 3년 전 기방에 올 때 입었던, 하얀 저고리에 검은 치마를 입었다. 촌스럽지만 가장 편한 옷이었다. 막상 짐을 싸려니 별로 챙길 것도 없었다. 허무하다는 생각이 들었다. 빈손으로 왔다 맨발로 나가는 기분이었다. 딴 생각을 깊이 할 시간이 없었다. 국희는 대문 소리가 들릴까 걱정돼 뒤꿈치를 들고 걸었다.

홍도에게조차 말없이 나온 것이 마음에 걸리긴 했다. 야학당에서 만날 것을 기대하며 국희는 거리를 달렸다. 잠시 후, 우뚝 서 하늘을 향해 양손을 올리며 소리쳤다.

"나는 자유인이다! 자유인이라고! 이국희가 아니라 이소선으로 돌아갈 거야."

먹이를 찾아 나선 생쥐 한 마리가 국희를 보자, 쥐구멍을 찾아 줄행랑을 쳤다.

＊

새벽 통영 중앙시장은 펄떡이는 생선들로 활기가 넘쳤다. 그러나 농어, 돔 등 귀한 생선을 앞에 놓고도 상인들의 눈망울은 상한 갈치처럼 죽어 있었다. 국희는 새벽시장에 나온 생선들과 눈인사를 건네며, 야학당을 향해 걸었다. 시장 뒷골목 끄트머리까지 가려면 꽤 시간이 걸렸다. 혹 마담이 쫓아올지도 몰라 뒤를 흘끔거리면서도 여전히 상인들 표정을 살폈다. 주름진 얼굴에 갯비린내 풍기는 아주머니를 보자, 돈 벌러 떠난 뒤 소식이 끊긴 어머니 생각이 났다. 노름빚에 알코올중독자면서도 고기잡이배에 노예처럼 팔려 간 아버지의 소식도 궁금했다.

지난 3년간 가족 대신 빚쟁이들만 국희를 찾았다. 그들의 앞잡이는 용포 아재였다. 주마등처럼 떠오르는 옛 생각을 하며 걷다 보니 어느새 허름한 2층 건물 앞에 섰다. 지하 계단을 향해 조심스럽게 내려 갔다. '통영야학당'이라는 팻말이 붙은 문 앞에 서자, 가슴이 떨렸다. 조심스럽게 문을 두드렸다. 민호 선생이 이곳에서 먹고 잔다는 것은 알지만, 새벽에 찾아온 자신을 어떻게 맞아 줄지 두려웠다.

또옥. 똑. 똑….

처음에는 잠을 깨울까 봐 조심스럽게 두드렸다. 한참을 기다려도 감감무소식이었다. 돌아가려다 다시 문을 두드렸다. 벼랑 끝에 매달린 사람처럼 절박한 심정이었다.

똑똑. 똑똑똑.

아무 기척이 없다. 불길한 예감이 스쳤다.

'민호 선생한테 무슨 일이 생긴 건가? 혹 용포 아재가?'

국희는 맥이 빠져 사무실 앞에 보따리를 놓은 채, 주저앉았다. 걱정이 되면서도 지난밤 한숨 못 잔 탓에 까무룩 잠이 들었다. 얼마 못 가 등짝에 스미는 찬 기운 때문에 눈을 떴다. 일어나 문을 다시 두드렸지만 여전히 기척이 없었다.

할 수 없이 국희는 보따리를 들고 밖으로 나왔지만 달리 갈 곳이 없었다. 기방에 오기 전까지 살던 동네는 눈길조차 주기 싫었다. 가난과 절망의 물결만이 출렁대던 시절로 돌아가고 싶지 않았다. 그 시절의 모든 것을 지우개로 지우고 싶을 뿐, 실낱같은 그리움조차 없다.

바닷가에 나가 바람이라도 쐬려는데, 시장 모퉁이에 반가운 얼굴이 나타났다. 짧은 머리에 교복처럼 입는 검은 잠바를 보자 울컥, 목젖이 울렁댔다. 잃어버린 엄마를 만난 것처럼 반가웠다.

"선생님. 어디 다녀오세요?"

국희는 떨리는 목소리로 물었다.

"진주에 다녀오는 길이에요. 가서 스승님 뵙고 진주 만세운동 소식 좀 직접 들으라고요. 그런데…. 국희 씨 이 시간에 웬일이세요? 웬 보따리까지…."

민호 선생은 역시 눈치가 빨랐다.

"어서 사무실로 가세요. 뭔가 심상치 않아 보이는데…."

민호 선생은 앞서 걸으면서도 주위를 살폈다. 국희는 불안하면서도 한편으로는 든든했다. 민호 선생만 있으면 기방으로 돌아가지 않아도 될 것 같았다.

삐거덕거리는 계단을 내려와 사무실에 들어서자마자 민호 선생은 문을 꼭 잠갔다.

"일본 순사들이 눈에 불을 켜고 제 동태를 살핀다는 소식을 들었어요. 누군가 야학당을 찌른 거 같아요. 그나저나 국희 씨는 왜?"

민호 선생이 평소와 달리 불안한 말투로 물었다. 국희는 한참을 망설인 뒤, 히로토 순사부장 사건과 기방을 나왔다는 고백을 하고 말았다.

"국희 씨. 어쩌면 잘된 일인지도 몰라요. 이젠 우리가 나서야 할 때가 됐어요. 일단 오늘 저녁 회원들 모이면 같이 의논하죠. 예기 조합 회원님들도 오시겠지요?"

국희는 예상했던 대로 민호 선생의 듬직한 말에 돌짐을 진 것 같던 어깨가 가뿐해진 느낌이었다. 언젠가는 떠날 곳을 조금 일찍 나왔을 뿐이라고 생각하기로 마음먹었다.

"그렇잖아도 홍도랑 이야기했어요. 예기조합원들도 행동할 때가 됐다고…. 아마 홍도가 알아서 다 연락을 취했을 거예요."

"진주 촉석루에 가 보니, 만세운동이 정말 대단했더군요. 한금화라는 기생이 흰 명주 자락에 '기쁘다, 삼천리 강산에 다시 무궁화 피누나'라는 혈서를 쓰기도 했답니다. 거기에 힘입어 민초들이 단결하게 됐다고 해요. 통영도 오늘 밤에는 구체적인 행동 지침을 정해야 할 듯싶어요."

말을 마친 민호 선생은 사물함 뒤에 꼭꼭 숨겨 놓은 태극기를 꺼냈다. 먼지가 날려 목구멍도 칼칼하고 눈까지 아렸다. 누렇게 색이 바랜 것도 있고, 아예 태극 문양이 지워진 것도 있었다.

"다행히 진주 스승님이 태극기 몇 장은 더 주셨지만…. 턱없이 모자라고요. 인원을 동원하려면 꽤 많은 돈이 필요한데…. 걱정입니다."

민호 선생이 태극기의 먼지를 털며 혼잣말처럼 말했다.

"현수막도 만들어야 하고, 전단도 인쇄해서 뿌리려면 돈이 필요한데…. 돈 나올 데가 없어서…. 일단 사람들 오기 전에 나가서 돈 좀 구하고 올게요. 미국서 온 선교사님께라도 사정을 해 봐야 할 것 같아요. 국희 씨는 사무실 정리하면서 지키고 있어요."

민호 선생은 국희에게 문단속 잘하라는 말을 남기고 급히 사라졌다. 국희는 멍하니 앉아 자신의 전 재산인 보따리를 어디에 둘까 두리번거렸다. 불현듯 국희의 얼굴이 밀랍인형처럼 굳어졌다. 돈 걱정 때문에 대나무처럼 말라 가는 민호 선생의 얼굴이 떠올랐다.

"진주의 기생은 혈서까지 썼다는데…. 난 뭘 하지? 돈…. 돈이 급하다고 했는데…."

민호 선생이 애절하게 남긴 말이 귓가에 맴돌았다. 국희는 주머니에서 금비녀와 금반지를 꺼냈다. 피붙이처럼 소중하게 여기던 것들이라 애잔했다. 국희는 땅이 꺼져라 한숨을 쉬며 금붙이를 주섬주섬 챙겼다.

걸레질을 하려는데 책상 위에 널브러진 태극기가 눈에 들어왔다. 기방에 들른 청년들에게 독서 모임 야학당이 생긴다는 말을 듣고 찾아올 때만 해도 국희는 태극기 따윈 눈곱만큼도 관심이 없었다. 단지 보통학교라도 다니고 싶었지만, 갈 수 없는 처지였기에 막연히 동경했던 '책 읽기'에 관심이 있을 뿐이었다. 야학당은 다양한 사람들의 집합소였다. 일본 유학생이던 민호 선생이 농촌운동에 관심을 갖자 따라온 동지들이 몇 있고, 국희처럼 한글도 제대로 깨치지 못한 농촌 아이들도 꽤 있었다. 심지어는 머리가 하얀 할아버지도 있고, 대머리 노총각도 있었다. 생선 냄새 풀풀 풍기는 어부도 가끔 얼굴을 내밀었다. 모두가 '앎'에 굶주린 사람들이었다.

국희는 시간이 지나면서 야학당이 단순히 책만 읽는 곳이 아니라는 것을 알았다. '민족', '태극기', '민초', '호민'이라는 말을 처음 들을 때는 이해가 되지 않았다. 그러나 반복해 듣다 보니, 세상이 달라보였다.

국희의 가슴 깊은 곳에서는 두 마음이 치열하게 싸우는 중이었다.

'금붙이는 안 돼. 빚 갚아야 해. 그래야 가족이 다시 모여 살지. 나도 혈서를 쓸까?'

빛바랜 태극기는 국희의 마음을 읽기라도 하듯, 빤히 올려다보았다.

청소하고 사물함도 정리했지만 여전히 마음은 복잡했다. 국희는 창밖에 어둠이 몰려오자, 갑자기 마음이 불안해졌다. 홍도에게 연락을 취하고 싶지만 달리 방법이 없었다. 밤에 있을 통영 예기조합 모임을 기대할 수밖에.

국희는 지루한 시간을 죽이기 위해 구석의 먼지를 닦았다. 목이 말라 물이라도 마시려 의자에서 일어서는데, 통영 예기조합 회원 두 명이 들어섰다. 국희를 보자 모두 반갑게 손을 잡았다.

"홍도한테 연락이 왔던데. 오늘 무슨 일 있어?"

버스 터미널 근처 옥류정에서 일하는 모란이 하품을 하며 물었다.

"회원들 다 모이면 홍도와 민호 선생이 얘기할 거야."

국희가 바깥을 내다보며 조심스럽게 말했다.

"이거 손님들에게 주는 특식인데 내가 몇 개 슬쩍했어. 먹어 봐. 약밥이라고…."

국희는 모란이 건넨 약밥을 받아먹었다. 달달하면서도 쫄깃한 맛이 일품이었다. 배도 고팠지만 처음 먹어 보는 음식이라 더욱 맛있었다. 모란은 그런 국희를 이모처럼 그윽한 눈빛으로 바라보았다. 국희도 정 많고 따뜻한 모란이 좋았다.

해가 어스름해지자, 다양한 사람들이 몰려들어 왔다. 그들은 모이자마자 경성 만세운동에 대한 이야기를 나누었다. 사무실이 꽉 차도록 사람들이 모인 후에도, 민호 선생은 보이지 않았다. 홍도도 오지 않았다. 초조해진 국희는 낡은 계단을 올라가 기다렸다. 마담 눈에 띌까 무서워 골목 밖으로는 나가지 못한 채, 고개를 한껏 내밀어 골목을 훑었다.

"국희 씨, 왜 나와 계십니까? 사람들은 어쩌고?"

쫓기듯 달려왔는지 민호 선생이 숨을 헐떡이며 물었다.

"사람들 다 모였는데…. 선생님도 홍도도 안 와서요."

"어서 들어갑시다!"

국희는 홍도를 기다리고 싶지만 민호 선생을 따랐다. 사무실에 들어서자, 사람들의 눈길이 일제히 두 사람에게 쏠렸다.

"죄송합니다. 뜻을 같이하는 선배 동지들을 찾아뵙느라 늦었어요. 돈 모으는 일이 급해서요."

민호 선생의 말에 사람들은 고개를 푹 숙인 채, 말이 없었다. 민호 선생도 잠시 숨을 고른 뒤, 중대 발표를 했다.

"일단 본론부터 말씀드릴게요. 4월 2일에 통영경찰서 앞까지 가두 투쟁에 나설 계획입니다. 지역 모든 활동가들과 구체적인 계획을 짜 놓은 상태니 많은 협조 부탁합니다. 일주일밖에 시간이 남지 않아, 오늘 밤 잠을 못 자더라도 구체적인 계획을 세워야 할 것 같아요."

민호 선생이 긴장된 목소리로 말하는 도중에, 홍도가 문을 빠끔 열고 들어왔다. 홍도는 맨 뒷좌석에 가 앉으면서도 연신 두리번거렸다. 국희를 찾는 것 같았다. 맨 앞에 있던 국희와 눈이 마주치자, 홍도는 손에 든 보따리를 흔들었다.

"홍도 너도 도망 나온 거야?"

국희는 당황한 나머지, 큰소리로 물었다. 민호 선생은 물론 모든 사람들이 국희와 홍도를 보며 의아한 표정을 지었다.

"저와 국희는 오늘부로 기방을 나왔습니다. 이제 자유인입니다. 이번 만세운동에 적극 참가할 것입니다."

홍도가 구호를 외치듯, 두 주먹을 높이 들며 말했다. 홍도의 목소리가 미세하게 떨리고 있다는 걸, 국희는 느꼈다. 국희의 가슴도 마구 뛰었다. 홍도야말로 진짜 동지라는 생각이 들었다.

"와, 대단하다. 여성 동지들!"

자리에 앉았던 사람들이 일어나 우레와 같은 박수를 쳤다. 그러자 민호 선생이 입술에 손을 갖다 대며, 문 쪽을 향해 턱짓을 했다. 조심하라는 신호였다.

"행사 당일까지는 정보가 새어 나가면 곤란합니다. 그렇잖아도 통영경찰서에서 저를 계속 감시하고 있는데, 일을 벌이기도 전에 잡히면 안 되지요."

"그런데 자금이 없어서 어쩌죠?"

대머리 총각이 일어나 손을 비비며 말했다. 다른 사람들도 동조한다는 듯, 술렁댔다. 모두 걱정이 가득 담긴 눈빛이었다.

"네. 저도 돈 좀 구해 보려 여기저기 뛰어다니긴 했습니다만 별로 성과는 없네요. 아시는 대로 공출미 내는 것조차 힘들어 허덕이는 사람들이 너무 많아서요. 그러나 힘내세요. 돈보다 더 중요한 건 민초들의 마음이니까요. 결초보은의 풀, 그렁 정신을 잊지 않으셨지요?"

국희는 민호 선생의 말을 들으며, 두 마음이 요동치는 것을 느꼈다.

'내가 갖고 있는 모든 금붙이 내놓자! 만세운동을 하려면 돈이 필요하잖아.'

'안 돼! 빚 다 갚기 전에는 절대 금붙이 내놓으면 안 된다고!'

마침내 국희는 결심했다. 민호 선생의 말이 떨어지기 무섭게, 보따리를 꼭 안고 앞으로 나왔다. 국희는 보따리에 숨겨 놓은 금비녀와 금반지를 꺼냈다. 사람들은 누런 금붙이를 보자, 모두 의아한 눈빛으로 국희를 살폈다.

"이건 제가 아버지 노름빚과 공출미 값 갚으려 모은 금붙이입니다. 그러나 모두 내놓겠습니다. 지금 당장 필요한 것은 빚이 아니라, 만세운동인 것 같습니다. 이것 팔면 어느 정도는 감당할 수 있지 않을까요?"

국희가 떨리는 목소리로 말했다. 이렇게 공표를 하고 나니, 오히려 마음이 편했다. 극심한 파도가 가라앉은 것처럼 울렁대던 속도 고요해졌다.

"와, 이럴 수가! 자기 목숨과도 같은 금붙이를 내놓다니!"

사람들이 웅성대며 국희를 바라보았다. 민호 선생은 할 말을 잃은 채, 멍하니 천장만 바라보았다. 그때였다. 느닷없이 홍도가 누런 보따리를 든 채, 앞으로 나왔다. 결의에 찬 얼굴로 나오는 홍도의 모습이 전사 같았다.

"저도 금비녀와 금팔찌 다 내놓겠습니다. 대신 할 말이 있습니다. 국희 것과 제 것 다 팔아서 광목 끊어다 직접 옷을 만들어 입으면 어떨까요? 일본의 죽음을 상징하는 의미로 그날 하얀 소복과 장례식 때 머리에 꽂는 핀을 만들면 좋겠어요. 통영 예기조합 회원 서른세 명이라도 직접 만든 소복을 입고 행진했으면 좋겠어요. 남자들은 짚신을 삼아 나눠 주면 어떨까요?"

"정말 대단하네. 어찌 저런 생각을 다 했을까?"

사람들이 감격스러운 목소리로 홍도를 칭찬했다. 국희도 놀랐다. 자신보다 훨씬 더 많은 걸 생각한 뒤, 금붙이를 내놓은 홍도가 크게 보였다. 역시 홍도는 대장부 못지않게 화끈했다.

"아…. 정말 기발한 생각이네요. 일본의 사망을 상징하는 소복 차림…. 그런데 국희 씨와 홍도 씨가 어렵게 모은 돈으로 산 금붙이인 줄 알면서…. 어떻게 팔아 쓰지요? 참 난감하네요."

민호 선생의 말에 모두 할 말을 잊은 듯 조용했다. 사람들은 쥐구멍이라도 찾고 싶은 심정인 듯, 고개를 들지 못했다.

"일단 행사 일정이 잡혔으니, 우리도 십시일반으로 돈을 모으도록 합시다. 그다음에 두 여성 동지의 귀한 뜻을 받들어 여기 모여 소복을 만들도록 하지요. 남성 동지들은 짚신을 삼도록 하고요. 각자 밀짚모자를 갖고 나와 흔드는 것도 좋은 방법일 듯싶고요."

나이가 가장 많은 활동가가 위엄 넘치는 목소리로 말했다.

"좋습니다! 일단은 만세운동이 중요하니까요. 내일 아침 일찍 이 자리에서 만나 작업을 시작하도록 하지요."

사람들은 밤이 깊도록 행사 준비를 위해 열과 성을 다했다. 행사 장소를 점검하거나, 거리 이동을 주관할 사람 등에 대해 면밀히 살피고 계획을 짰다. 새벽녘이 돼서야 모두 바깥 동태를 살피며 집으로 돌아갔다.

국회는 돌아갈 곳이 없다는 생각이 들자 막막했다. 그러나 홍도와 함께여서 덜 두려웠다. 배웅을 끝낸 민호 선생이 손을 내밀며 말했다.

"두 분은 여기서 당분간 숨어 지내세요. 의자 붙이고 누우면 견딜 만할 거예요. 제 자리가 좁아지긴 하겠지만요. 하하."

경성의 만세운동 소식을 들은 후, 처음으로 듣는 민호 선생의 웃음소리였다.

"국희야, 너 대단하다. 어떻게 그런 생각을 했어?"

홍도가 의자를 붙이며 물었다.

"내가 할 소리를! 너는 어떻게 소복 만들 생각까지 다 했어? 나한테는 한 마디 말도 없었으면서…."

"너 히로토 순사부장에게 맞아 얼굴 퉁퉁 부은 걸 보면서 결심했어. 돈은 나중에 벌면 되잖아. 근데 네가 그런 생각을 할 줄은 정말 몰랐어."

"아까 민호 선생님이 돈 구하러 나가는 모습 보면서 갈등을 겪기는 했어. 난…."

"제가 부끄럽네요. 저는 말만 앞세울 뿐, 내놓을 은수저 하나 없으니…."

민호 선생이 머리를 긁적이며 말했다. 고개까지 숙인 채, 괴로워하는 표정을 짓자, 홍도가 손사래를 쳤다.

"무슨 말씀을요! 선생님 아니었으면, 우리는 죽을 때까지 웃음을 팔면서도 부끄러움을 모른 채, 살아갔을 거예요. 무지렁이인 주제에 잔뜩 겉멋만 든 기생으로. 만신창이가 될 때까지 아무것도 모르고 살겠지요."

홍도가 독백하듯 읊조리는 말에, 국희는 눈가가 뜨거워졌다. 민호 선생은 일부러 분주한 척, 의자를 붙이는 동작을 크게 했다.

불을 끄자, 검은 세계가 됐다. 딱딱한 의자에 몸을 의지했지만, 전혀 불편하지 않았다. 아니 포근한 기방보다 훨씬 더 안락했다. 국희는 모처럼 악몽 없이 달콤한 잠을 잤다. 홍도도 좋은 꿈을 꾸는지, 헤실헤실 웃음 섞인 잠꼬대를 하다 코를 굻았다.

*

일주일 내내, 여자들은 바늘에 손을 찔려 가며 하얀 소복과 상장용 핀을 만들었다. 남자들은 짚신을 삼느라 밤을 꼬박 새웠다. 모두 몸은 힘들었지만, 큰일을 준비한다는 자부심으로 피로를 잊었다.

드디어 4월 2일 새벽 동이 텄다. 밤새 해가 뜨길 기다린 야학당 사람들과 숨어서 활동하는 민초들은 소리 높여 환호했다. 아기 손톱만큼 작던 해가 갑자기 둥근 쟁반처럼 커졌다. 손에 잡힐 듯 가까이까지 올라온 해는 붉은 물감을 칠한 듯 황홀했다.

통영 앞바다에서는 거센 파도가 포말을 일으키며 포효하듯 출렁댔다. 소복 입은 기생들의 함성을 닮은 듯 어느 때보다 파도 소리가 컸다.

거리에는 일본 관료들의 명령대로 심은 벚나무들이 꽃망울을 터트릴 준비를 하고 있었다.

드디어 현수막에 얼굴을 가린 채, 소복을 입은 서른세 명의 기생이 길 위에 섰다. 선두로 나선 홍도와 국희는 늠름한 모습으로 중앙통을 향해 걸었다. 상인들이 웅성거리며 소복 입은 여인들의 얼굴을 살폈다.

"통영 예기조합이 뭐꼬? 기생은 몸만 파는 줄 알았더니, 만세운동도 앞장서네. 놀라워라!"

시장통에서 가장 큰 생선 가게를 하는 주인이 말했다. 언젠가 기방에 들른 손님이라 국희는 그를 기억했다. 남자의 말에 시장통 사람들이 호기심 가득한 눈으로 소복 입은 여인들을 살폈다. 놀라움과 경이로움이 엇갈린 시선으로 새벽시장은 들끓었다.

동이 트면서부터 간헐적으로 시작된 시위에는 열 시쯤 되자, 꽤 많은 군중이 모여들었다.

"일본은 물러가라!"

"조선 독립 만세! 대한 독립 만세!"

"만세! 만세! 만세!"

통영 예기조합 회원들과 야학당 사람들의 목소리가 점점 더 높아 갔다. 일반 여자들도 하얀 소복에 머리핀을 꽂고 하얀 고무신을 신고 나타났다. 남자들도 검은 옷에 짚신을 신은 사람이 많았다. 밀짚모자를 쓴 채, 시위에 참가한 농부들도 많았다. 각기 다른 사람들이지만 하나가 돼 일사불란하게 움직였다. 일행은 각자 태극기를 들고 행진을 시작했다.

맨 앞에는 국희와 홍도가 섰다. 둘은 핀 대신 검은 머리띠를 두르고 검은 끈으로 치마허리를 단단히 묶었다. 단호함을 상징하기 위한 차림이었다.

"우리는 일본의 노리개가 아니다. 논개와 계월향의 후손이다."

홍도가 우렁찬 목소리로 팻말을 흔들며 선창했다. 곧이어 통영 예기조합 회원들이 따라 외쳤다. 지금까지 사람들에게 무시당하고, 천대받던 서러움을 토해 내며, 울먹이는 여인도 눈에 띄었다. 국희는 살며시 다가가 동지의 어깨를 두들겨 주었다.

"일본은 당장 물러가라. 조선은 독립해야 함이 마땅하다! 민초가 이긴다!"

급히 제자리로 돌아온 국희가 젖 먹던 힘까지 다해 외쳤다. 선창에 이어 사람들이 한 목소리로 따라 외쳤다. 통영 앞바다가 울릴 정도로 구호 소리가 쩌렁쩌렁했다. 국희는 가슴이 뜨거워지는 걸 느꼈다. 말로 다 형언할 수 없는 감정이었다.

시장에 나온 상인들도 주섬주섬 물건을 챙겼다. 가게 문을 닫은 상인들이 하나둘 무리 속으로 합류했다.

"조선 독립 만세! 대한 독립 만세"

상인들은 처음에는 어색한지 멀뚱히 서 있다가 사람들이 점점 더 크게 외치자, 자연스럽게 목소리를 냈다. 통영 거리를 지나던 사람들도 '만세' 소리에 이끌려 구름 떼처럼 몰려들었다. 순식간에 시장 안은 발 디딜 틈조차 없을 만큼 사람들로 물결을 이뤘다.

놀랍게도 10대 학생들도 많았다. 선생님이 학생들 손에 태극기를 들려 나온 모습은 인상적이었다. 국희는 그토록 부럽던 교복 입은 학생들과 만세운동을 한다는 것이 믿기지 않았다. 자랑스럽고 뿌듯했다. 상황은 달라도 동지라는 연대감이 생기자, 두려울 게 없었다.

시간이 지날수록 다양한 사람들이 거리로 쏟아져 나왔다. 간호복을 입은 사람들이 삼삼오오 모여 큰소리로 외쳤다. 신부복과 수녀복을 입은 사람들도 간간이 눈에 띄었다.

"통영경찰서 앞까지 만세를 외치며 행진합시다!"

뒤에서 사람들을 격려하던 민호 선생이 앞으로 나와 우뚝 섰다. 그의 온몸에서 빛이 났다. 쓰러지지 않는 나무처럼 든든했다. 민호 선생이 두 주먹을 불끈 쥐고 큰소리로 외치자, 사람들이 박수를 치며 환호했다.

갑자기 일본 순사들이 개미 떼처럼 몰려왔다. 시위대는 상관없이 더욱 똘똘 뭉쳐 앞으로 나갔다. 누가 먼저랄 것도 없이 인간 띠를 만들며 행진했다. 더없이 평화적이며, 비폭력 행사였다. 그럼에도 일본 순사들은 험악한 얼굴로 쫓아오며 엄포를 놓았다.

"흩어져라. 멈추지 않으면 가족 모두를 몰살할 것이다!"

일본 순사들이 막말을 해 댔지만 시위대는 침묵을 지키며 앞으로 나갔다.

"통영경찰서 앞까지 행진합시다! 조선 독립을 위해!"

"만세 삼창하겠습니다. 만세! 만세! 만세!"

민호 선생의 선창에 소복 차림의 통영 예기조합 회원들이 걸음을 멈춘 뒤, 일제히 하얀 치마를 흔들었다. 남자들은 밀짚모자를 높이 들어 동조했다. 통영 거리 전체가 한낮의 무도회장을 방불케 했다.

"일본 순사들은 물러가라! 물러가라!"

"잃어버린 우리 땅, 당장 내놓아라."

"일본은 공출해 간 조선의 곡식 모두 토해 내라."

국희는 민호 선생의 지시대로 앞장서서 소리쳤다. 홍도와 호흡을 맞추니 더욱 힘이 났다. 발에 불이 나도록 돌아다니며 진두지휘하던 민호 선생이, 멀리서 '엄지 척' 신호를 보냈다. 어깨가 절로 움찔거리며 온몸에 피돌기가 왕성해졌다.

행진은 계속됐다. 소복을 입은 기생 서른세 명이 간간이 발을 멈춘 뒤, 하얀 치마를 흔들며 함성을 질렀다. 하늘에서 내려온 하얀 기러기 떼가 무리 지어 춤을 추는 것 같았다. 이에 질세라 남자들은 짚신을 신은 발로 삼박자에 맞춰 구호를 외쳤다. 이 모습을 지켜보던 군중들이 만세 삼창을 목청껏 외쳤다. 그러면서 모두 하나가 돼 행진을 해 나갔다.

탕. 탕. 탕. 타당.

급기야 총소리가 울려 퍼졌다. 제복 차림의 총칼을 든 무리들이 개떼처럼 몰려왔다. 성난 일본 순사들이 총칼로 시위대를 마구 쏘고 찔렀다. 피눈물도 없는 짐승처럼 포효하며 칼을 휘둘렀다. 아무 데나 펑펑 총을 쐈다. 평화롭던 거리가 갑자기 전쟁터로 변했다. 총을 피해 달리던 소복 입은 기생이 총에 맞아 피로 물들어 갔다. 하얀 소복 위에 붉은 피꽃이 처연하게 피어났다.

피는 또 다른 피를 부른다. 비폭력 행진을 다짐했지만, 무자비하게 얻어맞고만 있을 수는 없었다. 화가 난 민초들은 곡괭이며 삽으로 일본 순사들과 맞섰다. 바위에 계란 치기였다. 하지만 사람들은 생명력 강한 풀, 그령의 끈질긴 힘을 믿었다.

"통영경찰서까지 갑시다! 조선 독립 만세!"

더욱 힘을 내 외쳤다. 이대로 죽어도 좋다는 생각이 들었다. 짓밟혀 쓰러져도 다시 살아나는 질긴 풀, 그령을 생각하며, 하얀 소복이 시커멓도록 행진을 이끌었다.

홍도와 국희를 선두로 소복 차림의 기생들은 지치지 않고 뒤를 따랐다.

"천대받던 기생들도 나라를 위해 나섰는데, 우리 아녀자들도 구경만 할 수는 없지."

들에서 일하던 농촌 아녀자들도 호미를 든 채, 시위대에 합류했다. 그중에는 보리쌀에 이밥을 섞은 주먹밥을 해 갖고 와 기생들에게 나눠 주는 아낙도 있었다. 살벌한 만세 터에서 피어난 훈훈한 인정의 꽃이었다.

*

목적지인 통영경찰서는 멀고도 가까웠다. 민호 선생은 그곳에서 낭독할 선언문이며 태극기를 들고 총지휘를 맡았다. 선두인 국희와 홍도를 따라 3000여 명의 군중이 따랐다. 국희는 독서 모임에서 읽은 잔다르크를 떠올리며 당당하게 걸었다. 히로토의 명령을 따라 일본 순사들이 휘두른 총칼에 맞아 즉사한 동지들의 시체를 넘어 행진은 계속됐다. 통영 전체가 용광로가 들끓듯 만세 소리의 열기로 뜨겁게 타올랐다. 만세꾼들이 지나간 거리는 피바다가 됐다. 통영은 순식간에 피비린내가 진동하는 죽음의 도시로 변했다.

타앙, 탕, 탕, 탕!

하늘을 찌를 듯 총소리가 울려 퍼졌다.

거대한 물결을 이루며 행진하는 군중을 향해 순사들이 총을 마구 쏘아 댔다. 한쪽에서는 시위대가 순사들과 맞붙어 싸우느라 아수라장이었다. 민호 선생 얼굴에는 여기저기 뛰어다니느라 땀이 소낙비처럼 흘러내렸다. 그래도 눈빛은 살아 있었다. 숨어서 나라의 독립을 위해 애쓰던 어르신들도 목숨 걸고 나섰다. 모두가 한마음으로 나라 잃은 울분을 토해 냈다.

"저기 앞장선 기생년들부터 체포하라!"

히로토의 쩌렁쩌렁한 목소리가 들리자마자, 용포 아재를 비롯한 일본 순사들이 국희와 홍도를 비롯해 열 명 정도의 기생 손에 수갑을 채웠다.

"국희 너, 결국은 내 손에 잡히는구나! 아재 말 들었어야지. 기생질도 모자라 투사로까지 나서다니. 동네 개가 웃을 일이다."

"아재의 비참한 끝이 곧 올 겁니다. 그땐 동네 개마저 눈물 흘릴 거예요. 아재가 불쌍해서….'"

국희는 이마의 개기름을 닦으며 쾌거를 부르는 용포 아재를 향해 독설을 퍼부었다.

"자기 분수 모르고 날뛴 대가를 톡톡히 보여 주라고."

히로토 순사부장이 국희의 머리를 치며 비아냥거렸다.

"우리는 일본 기생과 다릅니다. 우리는 나라를 생각하는 한 사람이자, 한 인간입니다."

국희는 민호 선생이 가르쳐 준 말을 토해 냈다. 황토 물 위에서 헤엄 치는 기분으로 외쳤다.


경찰서 안은 퀴퀴한 냄새와 피비린내로 코를 찔렀다. 국희는 밤새 가혹한 고문을 받았다. 온몸에 전기가 통할 때는 미쳐 버릴 것 같았다. 몸이 괴로운 것도 힘들지만 수모감이 더 컸다. 속옷만 입은 채, 일본 순사 앞에서 온몸을 비틀며 안간힘을 써야 하는 자신이 싫었다.

"지금부터 조선이 아니라, 천황께 충성한다는 자필서만 쓰면 석방시켜 줄게."

히로토는 은근한 말투로 술수를 부렸다. 국희는 눈 하나 까딱하지 않았다. 그럴수록 히로토의 얼굴은 붉은 악마가 돼 갔다.

"기생년 주제에 독립운동에 앞장을 서? 꼴값을 떨어도 분수껏 해야지. 네가 주동자가 아니라는 고변만 해도 죄는 면할 수 있어…. 너는 기방의 꽃으로 있을 때가 가장 예뻐. 기생이 독립운동을 한다는 게 말이 되냐?"

히로토의 폭언은 점점 더 수위가 높아졌다. 그럴수록 국희는 이를 앙다물었다. 고문은 날로 강도가 세졌다. 매순간 견디기 힘들었다. 그대로 숨이 멎길 바랄 정도였다. 그렇다고 히로토 앞에서 나약한 모습을 보일 순 없었다.

"나는 나라를 잃은 백성으로서 할 일을 했을 뿐입니다."

"죽여도 좋아! 이런 악질분자는 살려 둘 가치가 없다고."

히로토가 용포 아재를 불러 이를 갈며 소리쳤다. 용포 아재는 국희를 닥치는 대로 때리고 밟았다. 국희가 볏짚처럼 풀썩 쓰러지며 정신을 잃은 것은 찰나였다.

눈을 떠 보니, 날이 밝았다. 국희는 온몸에 멍이 들고, 쑤셨다.

다행인지 불행인지, 같이 들어온 모란을 비롯해 세 명의 기생은 풀려나고, 국희와 홍도만 감금됐다.

국희는 경찰서 안에 들어와서부터 홍도를 만날 수 없었다.

눈 뜨면서부터 기절할 때까지 고문의 연속이었다. 만세운동의 배후가 누구인지 밝히라며 온갖 고문을 가했다. 온몸이 녹아내리고, 뒤틀리며 죽을 만큼 괴롭고 힘들었다. 그래도 히로토에게 굴복하고 싶지 않았다.

"아직 혼쭐이 덜 나서 버티는 거지. 강도를 대폭 높이라고. 그깟 기생년 입 하나 못 열고 쩔쩔매는 꼴이라니. 같은 조센징이라고 슬슬 봐주는 거 아냐?"

히로토가 핏발이 선 눈으로 용포 아재를 향해 삿대질을 하며 쪼았다.

"곧 자백하게 될 겁니다."

히로토 순사부장이 안경을 추켜올리며 명령하자, 용포 아재가 90도로 고개를 숙이며 대답했다. 히로토 순사부장이 가고 나자 용포 아재가 국희 가까이 다가와 말했다.

"쯧쯧, 고무줄놀이나 하고 놀 나이에 기생이 되더니…. 철장 신세까지. 아재도 가슴이 찢어진다. 정홍도, 아니 정막래의 선동과 차민호의 감언이설에 속아 시위대에 나섰다고 말만 해. 당장 풀어 줄 테니까. 순진한 백성을 선동해 전쟁을 선포한 차민호! 이 쥐새끼 같은 놈은 어딘가로 도망갔는데, 넌 왜 잘난 척하고 앞장섰냐고. 난 국희 너를 경찰서까지는 오게 하고 싶지 않았다. 그러기 위해 내가 얼마나 애를 썼는지 넌 모를 거다."

평소와는 달리 용포 아재가 부드러운 목소리로 말했다. 눈빛마저 선한 표정이라 국희는 의아했지만 내색은 않았다.

'소식을 몰라 답답했는데, 민호 선생이 잡히지 않았구나! 휴, 다행이다.'

국희는 용포 아재의 말을 흘려들으며 혼자만의 생각에 잠겼다.

통영경찰서 구치소에서 일주일간 온갖 회유와 고문을 당했다. 한순간도 흐트러지지 않았다. 히로토 순사부장은 더는 국희를 찾아오지 않았다. 용포 아재도 국희를 포기한 듯, 막판에는 친절까지 베풀었다.

통영을 떠나 부산 법정으로 가는 날, 용포 아재가 조용한 시간에 국희를 찾아 왔다.

"헤이! 나의 먼 친척 이국희 아니 소선아!! 부산 법정에 가서 심판받을 때는 좀 고분고분해라. 너 혼자 독립운동한다고 잃어버린 나라를 찾을 수 있다는 건 착각이야. 윗대가리들은 다 썩어서 나라 걱정은커녕 제 주머니 챙기느라 난린데…. 왜 너만 바보짓이냐고."

용포 아재는 국희가 아무 말이 없자, 연민이 가득 찬 눈빛으로 바라보았다.

**"아무튼 너의 절개만은 인정한다. 넌 진짜 통영의 꽃, 아니 통영**

**의 딸이다."**

용포 아재의 모습이 뭔가 달랐다. 지금까지 본 비열한 일본 순사의 끄나풀이 아니었다. 해질 무렵 술래잡기를 하던 꼬마 용포의 선한 눈빛이었다. 국희는 그 눈빛을 보는 순간, 울컥 목울대가 아팠다.

국희를 실은 호송차가 통영 앞바다를 지났다. 하얀 포말을 일으키며 달려오던 파도가, 국희와 눈이 마주치자, 거짓말처럼 잠잠해졌다. 무사히 살아 돌아오라는 속삭임처럼 들렸다. 바닷가를 감싼 도로에 핀 벚꽃 잎들도 하롱하롱 떨어지며 이별 인사를 했다.

"안녕! 내가 태어나고 사랑한 땅, 통영의 모든 것들아!"

국희는 의자 깊숙이 머리를 기댄 후, 눈을 감았다.

# 통영 만세운동, 그리고 그 후

  3 · 1운동은 기생의 삶도 180도 바꿔 놓았다. 만세운동에 적극적으로 참여한 기생들은 '사상 기생'이라 불렸다. 1919년 3월 29일 수원에선 기생조합원들이 자혜병원 앞으로 행진하며 시위를 벌였다. 경찰이 병원으로 달려왔지만, 학생과 상인, 노동자 들이 기생을 둘러싸 보호하면서 함께 만세를 부르기도 했다.

  3월 18일 저녁 진주의 기생들은 한자리에 모여 만세운동을 논의했고, 이튿날 박금향 등 서른두 명이 대대적으로 시위를 주도했다. 악대를 앞세운 그들은 막아서는 일본 경찰을 향해 소리를 질렀다.

  "우리는 자랑스러운 논개의 후예다. 진주 예기의 전통과 긍지를 잃지 말자."

  그들은 태극기를 흔들며 만세를 불렀다.

  기생 시위는 통영에서도 일어났다. 3월 28일과 31일, 그리고 4월 초까지 이어졌다. 통영 기생 정홍도와 이국희는 금비녀와 금반

통영 지역 3·1운동의 중심이었던 통영청년단회관(현 통영문화원)

지를 팔았다. 광목 네 필을 구입해 태극기를 만들어 서른세 명이 시위를 했다.

더 자세한 기록이 남아 있는 기생 시위는 해주 기생들이다. 김월희, 문월선, 김용성(예명은 해중월), 문재민(예명은 형희), 옥운경(예명은 옥채주) 등 다섯 명의 기생 결사대는 "남자의 힘을 빌리지 않고 서로 합심동체가 되어 독립운동의 투사가 되자"라고 언약했다. 그들은 만세 투쟁일을 4월 1일 오전 열 시로 잡았다. 독립선언서를 얻을 길이 없던 그들은 직접 선언문을 썼다. 월희와 월선이 국문으로 글을 지어 인쇄물로 만들어 시위 참여자에게 나눠 주었다.

3·1운동이 일어났을 때, 더 정확히 말하면 1919년 4월 2일에 통영의 예기조합 소속 기생들은 시위대 맨 앞줄에서 '조선 독립

만세'를 선창했다. 통영 기생들에 대한 판결문은 3·1운동이 각계 각층이 참가한 거족적 독립운동이었음을 잘 보여 준다.

1919년 4월 18일 부산지방법원 통영지청의 판결문에 의하면, "만세시위가 일어나자 기생 정○래, 이○선 등은 기생단을 조직하고 … 정○래가 가지고 있던 금반지를 맡겨 그 돈으로 상장용 핀과 짚신을 사서 이를 기생에게 나누어 주며 같은 복장을 하게 한 후 … 경찰관의 제지에 응하지 않고 선두에 서서…" 만세시위를 전개했다는 내용이 수록돼 있다.

한편 국가보훈처는 2008년 8월 제63주년 광복절을 맞아 1919년 기생단을 조직해 독립만세를 전개한 죄로 6개월의 옥고를 치른 정막래(정홍도)·이소선(이국희) 여사에게 대통령 표창을 추서했다. 정막래와 이소선이 30여 명의 기생을 이끌고 행진을 시작한 통영 예기조합은 지금 통영시 항남동에 있다. 그곳에서 중앙시장

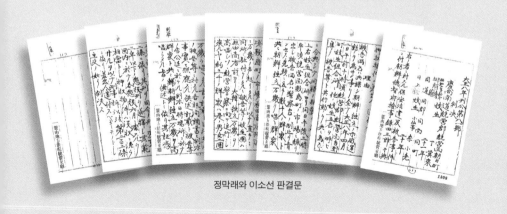

정막래와 이소선 판결문

까지 걸었던 길이 항남 1번가다. 항남동은 일제강점기 통영에서 가장 번화한 거리였다. 통영문화원에 가면 '통영 통사' 속에 두 사람의 행적이 들어 있는 자료를 볼 수 있다.

끝나지 않는 아침

1919년 4월 3일
#강원도 홍천

**윤혜숙** 글쓰기와 함께 시작한 역사 공부로 여러 스토리텔링 공모전에서 수상 이력을 쌓았다. 《밤의 화사들》로 한우리청소년문학상을 받았으며 한국콘텐츠진흥원 원작 소설 창작 과정과 두 차례의 경기문화재단 창작지원금, 우수출판콘텐츠 제작 지원 사업에 선정되었다. 지은 책으로는 《말을 캐는 시간》, 《소년이 있었다》, 《괴불주머니》, 《계회도 살인 사건》, 《보호종료》, 《뽀이들이 온다》, 《광장에 서다》(공저), 《격리된 아이》(공저), 《일인용 캡슐》(공저), 《민주를 지켜라》(공저), 《만권당 소녀》(공저) 등이 있다.

며칠째 낯선 사람들이 마방에 자주 들락거렸다. 저녁에 큰골 금광에 다니는 수덕 아재까지 왔을 때는 꺼림한 기분까지 들었다. 더마음에 걸리는 건 눈이 마주치자 도망치듯 대문을 빠져나가는 것이었다.

　"저 사람 금광 인부 맞지?"

　부엌에서 나오던 성하댁이 물 젖은 손을 앞치마에 닦으며 물었다. 수덕 아재는 외가 쪽으로 팔촌쯤 되는 사람이었다. 금광을 찾겠다며 외가 재산을 다 털어먹은 후 이곳까지 쫓기다시피 왔다는 수덕 아재는 우리 집과는 아예 발을 끊고 살았다.

　"저이, 아는 사람이냐?"

　"아, 아닌데요."

　지은 죄도 없이 말소리가 떨려 나왔다.

　"아무래도 뭔 일이 단단히 일어나지 싶다. 못 보던 사람들이 마방 어른을 찾는 것도 그렇고. 글쎄 엊그제는 한약방 전 씨까지 다녀갔다니까."

성하댁이 방 쪽을 흘끔거리며 말끝을 흐렸다. 한약은 필요할 때마다 친구인 봉석이가 심부름을 왔으니 전영균이 마방에 들를 일은 없었다.

3월 말이 가까웠지만 은정봉에서 불어오는 찬바람에 몸이 절로 후드득 떨렸다. 내가 어물거리자 성하댁이 몸이나 녹이라며 부엌으로 끌고 들어갔다.

부뚜막에 엉덩이를 걸치고 앉았다. 성하댁이 차려 낸 밥상 앞에 앉자 입이 절로 벌어졌다. 추석 이후 처음 보는 기름진 쌀밥이었다.

"웬 쌀밥이래요?"

"그러게 말이다. 당분간은 세끼 쌀밥을 넉넉하게 지으라 하시네. 그 덕인지 장날도 아닌데 방이 꽉 찼다만 네가 힘들어서 어쩌냐?"

"일 없이 공돈 받는 것보다는 낫죠, 뭐."

곱은 손을 비빈 후 시래깃국을 입에 떠 넣었다. 배 속이 뜨뜻해졌다.

조선 때부터 내촌천 물이 불어나면 영서 지방에서 거둬들인 세곡을 뗏목에 실어 한양까지 보내던 창고가 있어 동창마을이라 불리는 물걸리는 온갖 산물이 모이는 곳이었다. 그러다 보니 장마당과 가까운 마방은 양양이나 춘천 가는 등짐장수와 봇짐장수, 영동의 건어물 장사꾼 들로 늘 북적거렸다.

대대로 천석꾼인 데다 이름 있는 유학자인 김덕원이 마방을 낼 때부터 다들 별스러운 일이라며 뒷소리를 했다.

"남몰래 북만주에 독립 자금을 보내시는 모양이더라. 일반 여염집에 낯선 사람들이 들락거리면 왜놈들 눈에 띄게 되니까 아무 때 모여도 의심 사지 않고 방방곡곡 소식 다 들을 수 있는 곳이 마방밖에 없다 싶어 시작하셨다는구나. 그게 신해년 때 일이니까 벌써 여덟 해가 넘은 거지. 양반입네 하는 것들은 왜놈들한테 빌붙어 제 주머니 채우는 데 급급한 판에 참 대단한 어른이다. 그분 말이라면 팥으로 메주 쑨다 그래도 믿어야 한다. 알았지?"

마방에 일하러 가던 첫날 어머니가 내 손을 잡고 이렇게 말했다.

마방 어른이 집에 찾아온 건 두 해 전이었다. 동학도였던 아버지가 자작고개 전투에서 입은 부상을 치료도 못 받은 채 오랫동안 고생만 하다 돌아가신 후 살림살이는 더욱 곤궁해졌다. 어머니가 손바닥만 한 비탈밭을 일구고 남의 집 부엌살림을 도와주며 겨우 연명하는 처지였다. 그날 마방 어른은 열세 살이면 가장이나 진배없다며 마방에 와서 일 배우는 게 어떻겠냐고 했다.

처음엔 말똥 치우고, 말갈기 빗기는 일이나 시키려나 싶어 마방 어른을 원망하는 마음이 컸지만 드러내 놓고 투정 부릴 수 없었다. 시간이 약이라더니 점점 일도 손에 익고 마방 손님들로부터 듣는 세상 이야기도 재미났다. 손에 물 마를 일이 없지만 어머니 말대로 마방에 있으면 소학교 다니는 것보다 귀동냥으로 얻어듣는 게 많았다.

마방의 하루는 아침 여물을 끓이는 일로 시작됐다. 마른 옥수숫대와 콩대를 펄펄 끓는 무쇠솥에 집어넣었다. 아궁이에서 타닥타닥 마른 솔방울 터지는 소리를 들으며 나무주걱으로 여물을 저었다.

여물이 채 끓기도 전에 봉석이 마방에 나타났다. 한약방에 아예 눌러앉았는지 좀체 얼굴을 보지 못한 봉석이었다. 뜨악한 내 얼굴을 보고 봉석이 한약 꾸러미를 흔들어 보였다.

"이거 전해 주라고 하시던데. 어르신 어디 편찮으셔?"

"조금 전까지만 해도 멀쩡하시던데."

마방 어른은 한걸음에 대여섯 밭고랑을 건너뛸 만큼 몸도 날렵하고 다부졌다. 여기 온 뒤로 한 번도 자리보전하는 걸 못 봤다.

뜬금없이 한약이라니? 두툼한 뭉치에 자꾸 눈이 갔다. 요즘 들어 마방 어른의 행동이 영 수상했다. 어제는 드팀전 등짐장수에게 광목 전부를 사들였다. 그 많은 광목을 뭐에 쓰려고 그러는지 묻고 싶었지만 마방 어른의 굳은 얼굴 때문에 아무 말도 못 했다.

"아침 먹고 가라. 밤에 투전판이라도 벌일 모양이야. 성하댁 아지매가 부치고 찌고 난리던데. 더구나 쌀밥이야. 어때, 벌써 군침 돌지?"

금방이라도 덥석 달려들 줄 알았더니 봉석은 들은 척도 않고 나를 마구간으로 끌고 들어갔다.

"너도 알고 있지?"

"알기는 내가 뭘?"

"그거 말이야. 만, 만세운동!"

누가 먼저랄 것도 없이 몸이 바짝 굳었다. 마방 어른이 고종 황제 장례식에 다녀온 후 마방에 든 장꾼들을 불러들여 이것저것 물어보고 전에 없이 바깥나들이가 많아졌다. 그게 만세운동 때문일 거라고 짐작만 하고 있었다.

2월 26일 홍천 감리교회 원익상 목사한테 경성의 독립운동 실행 총본부로부터 '만세운동 시위 지시서'와 '독립선언서'가 전달됐고 동창리 감리교회에 다니는 기독 청년인 전우균이 마방 어른에게 그걸 가져왔다.

"오랜만이다. 나중에 또 보자."

그날 마방을 나서던 전우균의 결연한 표정을 지금도 잊을 수 없다. 전우균은 봉석도 나도 잘 아는 형이었다. 성탄절 전날에는 교회에 오면 선물도 주고 맛난 과자도 준다는 꼬임에 두세 번 몰래 가기도 했다. 입안에서 달짝지근하게 녹던 폭신폭신한 카스텔라 맛은 한동안 잊지 못할 정도였다.

"나보고 큰집에 들러 보라고 할 때 눈치챘어야 하는 건데. 아침에 약방에 들렀더니 물감 냄새가 진동하더라고."

"설마 그게….'

"그거 맞아. 300장이나 그렸대. 성렬 아재가 수천 명이 집회에 나올 텐데 그거 가지고 되겠느냐고 불같이 화를 내셨다더라."

그러면서 봉석은 전성렬, 전영균과 전우균이 밤새 시위에 쓸 태극기를 그렸다고 했다.

"곧 동창마을에서 큰 만세운동이 있을 거래."

봉석의 목소리가 움츠러드는 어깨만큼이나 점점 졸아들었다.

"나도 알아."

"마방 어른한테 들었어?"

"그건 아니고 여기가 전국 소식이 다 모이는 마방이잖아."

"왜놈들이 가만있을까? 우균 형이 그러는데 경성에서는 만세운동에 나섰던 사람들 많이 다치고 감옥에 갔대."

희멀건 봉석의 얼굴이 더 하얗게 질렸다.

"10년 넘게 제 땅인 줄 알고 있었는데 그걸 빼앗긴다 싶어서 가만있지는 않을 거야. 총질을 할지도 모르고."

어젯밤이었다. 사립문을 나서는 마방 어른이 다시 불러들였다.

"너도 만세운동에 대해 들어 봤지?"

"다들 쉬쉬하지만 저도 귀가 있으니까요."

내 말에 마방 어른은 내 눈을 똑바로 쳐다보았다. 몸을 꿰뚫을 듯한 눈빛에 나도 모르게 움찔했다.

"동학 때는 실패했지만 이번에는 꼭 성공해야 한다. 그럴 각오로 조선인 모두 만세운동에 나서야 된다⋯. 네 아비도 살아 있다면 발 벗고 나섰을 거다."

새삼스럽게 돌아가신 아버지를 들먹이는 것을 보니 다른 할 말이 있는 듯했다.

'아버지 때문이 아니어도 잔심부름 정도의 일이라면 저도 힘을 보태겠습니다.'

입 밖으로 내뱉지는 않았지만 그럴 생각이었다. 어쨌든 마방 어른 때문에 배곯지 않게 된 고마움도 있지만 따지고 보면 공부할 나이에 먹고사는 걱정부터 하게 된 것도 다 왜놈들 때문이었다.

"내일 심부름 할 일이 있는데 그걸 맡아 줬으면 해서 말이다. 무슨 냄새를 맡았는지 헌병대 놈들이 눈에 불을 켜고 감시하니 움쩍할 수 없구나⋯."

입술을 깨무는 마방 어른의 얼굴이 심하게 구겨졌다. 마방을 차린 것도 그렇고, 동학군이었던 이력도 모자라 의병군에게 군자금을 대고 있다는 의심까지 사고 있던 터라 마실 나들이도 마음 놓고 할 수 없는 처지였다.

"며칠 전에 다락방에 마을 어른들이 모였거든. 사람들 모으는 건 성렬 아재가 맡은 모양이야. 지난 27일 새벽에는 다섯 마을에 사람을 보내 사발통문을 돌렸대."

봉석이 말하는 다섯 마을은 동창마을과 이웃해 있는 기린면, 화촌면, 서석면, 두천면, 내촌면을 말하는 거였다.

어젯밤 어머니가 걱정스럽게 꺼낸 얘기도 그거였다.

"한 집에 한 사람은 무조건 거기에 나가야 하나 보더라. 만약에 안 나가면 동네에서 쫓아낸다고. 그게 싫으면 벌금을 내야 한다니…."

내 눈치를 보면서 어머니가 깊은 한숨을 몰아쉬었다. 아버지가 없는 집에 장정이라고는 나밖에 없었다. 누이 둘은 모두 시집갔고 동생 장근이는 이런 일에 나가기엔 너무 어렸다.

"우리 집 사정 다 아시는데 설마 나오라고 그러시겠어요. 마방에서 이것저것 도와주는 걸로 될지도 몰라요."

걱정을 덜어 줄 요량으로 얼버무리긴 했지만 마음은 불편했다.

"너희 집에서는 너밖에 참가할 사람이 없겠다. 어떻게 할 거야?"

봉석이 말에 선뜻 답하지 못했다. 내가 잘못되면 어린 동생과 어머니는 어찌 살까? 부모 덕 못 본 것만큼이나 나라가 해 준 것도 없는데 그런 나라를 되찾는 만세운동에 참여하지 않으면 마을에서 내쫓을 거라니. 마을 사람들에게는 마방 어른의 말이 곧 법이지만 그렇게 허무맹랑한 조건을 내걸다니, 도무지 속내를 알 수 없었다.

"우리 마을은 큰아버지가 맡았대. 마을 이장이니까."

봉석의 말에 고개가 갸웃했다. 물걸리 이장을 맡고 있는 김홍이는 평판이 좋지 않았다. 뻔질나게 면사무소에 들락거리고 일본 헌병대와도 친하게 지낸다는 말은 소문거리도 못 됐다. 마을 사정을 잘 알아서 그랬나 어림짐작해 보지만 아무래도 찜찜했다.

"이번 일로 큰아버지도 마을 사람들한테 잃었던 신임을 만회하면 좋을 텐데…."

온 나라 사람이라면 다 하는 만세운동이라지만 개 꼬리 3년 묵힌다고 족제비 꼬리 될 리 없었다. 봉석의 순진함에 코웃음이 났다.

"한 집에 한 사람만 나가면 된다던데 가족 없으면 안 나가도 되겠지?"

큰아버지 집에서 얹혀사는 처지인 것도 있지만 봉석이는 유난히 겁이 많았다. 만세운동에 나갔다 잡히면 심한 고문으로 죽을지도 모른다는 말에 잔뜩 겁먹었을 게 분명했다.

"어르신이 심부름할 일이 있다 하시더니 여즉 별말 없으시네."

혼자 구시렁대는 나를 쳐다보며 봉석이 한약 뭉치를 들썩였다.

"예서 뭐하는 거냐?"

성하댁의 말에 나도 봉석도 놀란 장닭처럼 눈이 휘둥그레졌다. 마굿간 뒤 김장독에서 김치를 꺼내려 왔는지 성하댁 손에는 보시기가 들려 있었다.

"마방 어른께 전해 드릴 게 있어 왔다가 오랜만에 동무 만나서…."

"헌병대 눈에 띄면 험한 꼴 당하니 얼른 집에 들어가라. 하긴 이장 조카니까 좀 봐줄라나."

성하댁이 눈을 할끔거렸다. 김 이장 피붙이라는 이유로 봉석은 번번이 미움을 샀다.

"이거 어르신께 전하고 금방 갈 거예요. 그렇지?"

봉석을 앞세우고 마당으로 나갔다. 방문이 열리며 마방 어른이 얼른 들어오라는 눈짓을 보냈다. 마방 어른은 봉석이 내민 한약 뭉치를 내 앞으로 되밀었다.

"네가 이걸 서석리 사는 연의진 군한테 전해 줘야겠다."

부탁할 심부름이 이것이구나 싶었다. 지금 출발하면 되냐는 물음에 갈 데가 많으니 빠를수록 좋지 않겠냐고 했다. 하루 안에 다섯 마을을 돌아야 하니 몸이 재바른 나한테 맡겼을 것이라는 생각이 들었다. 엉거주춤 일어서는 봉석을 마방 어른이 불러 세웠다.

"봉석이 네가 그 집에 가 봤다던데…."

"그 동네엔 여러 번 심부름을 다녀왔죠."

"그럼 잘됐다. 유근이 동무해 줄 수 있겠냐? 유근이는 다 초행길인데 네가 같이 가 주면 훨씬 수월할 거다. 한약방 다니는 너와 함께 다니면 의심도 덜 살 테고 말이다."

봉석이 눈알을 되룩거렸다.

"이것만 전해 주면 되나요?"

"연의진 군이 다음 갈 데를 일러 줄 거다. 미리 알고 있는 것보다 그게 나을 거다."

상투 없이 맨머리를 쪼아 맨 마방 어른이 습관처럼 허리춤에 손을 넣었다. 중간에 헌병 보조원한테 걸리면 거사가 들통날까 봐 그러는 게 분명했다. 역시 매사 치밀하고 용의주도한 마방 어른다웠다.

"그래서 마방 들른 후에 한약방에 들어올 일 없다고 그런 거였구나."

방을 나서자마자 봉석이 낮게 속삭였다. 아예 헛짚은 건 아니었다. 연의진에게만 전할 물건이라면 바로 봉석이 편에 들려 보내면 될 일이었다.

서석리까지 가는 내내 봉석은 마방에서 들은 만세 이야기를 들려 달라고 졸랐다. 경성과 수원, 멀리 평양, 원산은 물론이고 통영까지 농부들, 기생들, 노동자들, 학생들이 벌인 만세운동 이야기를 나누다 보니 먼 길이 힘들지 않았다.

"고생 많구나. 너희까지 이렇게 나서 주니 얼마나 든든한지 모르겠다."

연의진은 다시 같은 면 서곡리 전기홍에게 한약 뭉치를 전해 달라고 했다. 그렇게 화촌면, 기린면, 두촌면까지 두루 돌고 나니 벌써 밤이었다. 봉석이 옆에 없었다면 호랑이가 튀어나오는 산길을 겁 없이 걷지는 못했을 것이다. 중간중간 앞에 들른 집에서 싸 준 주먹밥과 감자떡으로 배고픔도 달래고 다리쉼도 했다. 한약 뭉치가 비밀 회합을 알리는 표식이었다는 것을 안 건 한약방에 돌아와서였다.

"마방 어른이 말처럼 빠르다더니 그 많은 데를 한 곳도 안 빼고 다 돌았다고?"

한약방에 들어서자마자 전영균이 반갑게 맞아 주었다.

"이 한약은 눈속임용이었나 봐요?"

내 말에 전영균의 입가에 설핏 웃음기가 고였다.

"무슨 낌새라도 챘는지 어제오늘 일본 놈들 감시가 여간 심해야 말이지. 위험한 일이었는데 별일 없이 끝내 줘서 고맙다."

전영균이 내 어깨를 힘 있게 잡았다. 어깨가 으쓱했다.

"봉석이 너도 고생 많았다. 안 그래도 손이 달렸는데 이렇게 다시 와 줘서 고맙구나."

뒤에서 쭈뼛거리던 봉석도 이내 입이 벙그러졌다.

"사람들이 도착하기 전에 슬슬 준비해 볼까."

전영균의 눈짓에 봉석이 불을 모두 껐다. 순간 사방이 짙은 어둠에 갇혔다. 표 나지 않게 행동하는 게 안전하다는 전영균의 말에 봉석이 까치발을 했다.

어둠을 뚫고 이문순과 전성렬이 제일 먼저 도착했다.

"안사람이 이걸 들려 주더라고. 맨몸으로 길 나서면 의심 살 거라며."

전성렬이 도토리가루라며 등에 짊어진 망태를 들썩였다.

"큰집 제사에 가는 척하려고 나도 이걸 들고 왔네만."

이문순도 손에 든 술병을 흔들었다.

사람들을 다락방이 있는 뒷문으로 이끄는 사이 봉석이 이불을 한 아름 들고 나왔다. 호롱불 빛이 새어 나가지 않게 하기 위해서였다.

"수상한 기미가 보이면 저걸 치도록 해."

전영균이 한약방 처마 밑에 달린 풍경을 가리켰다.

마방 어른은 사람들이 다 모인 후에야 모습을 나타냈다.

좁은 다락방 안은 열두 명의 어른들로 꽉 찼다. 만세 거사에 뜻을 함께한 마을 대표들이었다.

"여러분도 알다시피 다음 달 첫날에는 홍천 읍내에서, 그다음 날에는 동면에서 만세시위를 벌일 것이오. 이번 만세시위는 일본에 우리 조선 사람들의 독립 의지를 보여 주는 거사인 만큼 한 번의 궐기로 끝나는 것이 아니라 조선 땅 곳곳에서 끊이지 않고 연쇄적으로 벌이는 것이 제일 중요하오. 그래서 홍천과 동면 시위에는 나가지 않고 다음에 있을 서석면 만세 궐기는 지원하기로 한 것도 그런 이유요. 여러분도 이런 결정에는 이견이 없을 거라고 믿소."

목청이 좋은 분인데도 마방 어른의 목소리가 가늘게 떨렸다.

"어르신, 독립 의지를 보이는 궐기인 만큼 사람들이 많으면 많을수록 좋지 않겠습니까?"

뒷자리에 있던 이문순이 눈을 씀벅였다.

"자네 말이 옳네. 수천은 모여야…."

마방 어른 말에 방 안이 이내 술렁거렸다.

"다른 마을에서는 장날에 맞춰 시위를 벌여 인원 동원이 수월 했다고 들었는데, 우리가 정한 날은 장날도 아닌데, 그게 가능할 까요?"

"마방 어른한테 무슨 방도가 있으니 저리 말씀하시는 거 아니 겠소?"

누군가의 말에 사람들이 일제히 마른침을 삼켰다. 나 역시 참여 를 결정하지 못한 터라 턱도 없는 일이라는 생각이 먼저 들었다.

"다들 무리한 일이라고 생각할 거요. 하지만 우리 마을 사람들 의 애국심을 믿소. 지난 동학 의병항쟁 때도 그랬잖소?"

마방 어른의 말에 얼른 전성렬이 끼어들었다.

"그랬죠. 우금치 전투에서 관군과 일본군에게 쫓기던 강원도 동 학혁명군 3000명이 장야촌에서 또 풍암리 자작고개에서 끝까지 싸웠지요. 그날 전투가 얼마나 치열했던지 800명이 넘는 사람이 목숨을 잃었다고 들었습니다. 그때 마방 어른도 싸우셨다 들었고 요…. 제 아버지도 목숨을 잃으셨지요."

전성렬의 눈에 설핏 눈물이 잡혔다. 비슷한 처지라 가슴이 저릿 했다. 그때 마방 어른이 동학에 입교한 거라는 말은 진즉부터 들어 알고 있었다.

"그야 어르신 말이 백번 옳지요. 이렇게 물자가 풍부하고 사람이 몰리는 동네인데도 면사무소 하나 없는 것도 다 그런 이유잖아요. 국기 게양대를 세워 놓을 때마다 일본 수비대의 눈을 피해 누군가 낫으로 찍어 쓰러뜨렸다고요. 할 수 없이 면사무소와 헌병주재소를 20리 밖 도관리로 옮겼잖습니까?"

그때 일을 자랑처럼 여기던 터라 전성렬의 말에 다들 고개를 주억거렸다.

"동네에 면사무소 있으면 좋은 거 아닌감…."

누군가 옆구리를 찔렀는지 뒤에 있던 김 이장의 신음 소리가 곧이어 들렸다. 나도 모르게 눈살이 찌푸려졌다.

"저치가 그 사람 맞지?"

낮게 구시렁대는 소리가 들렸다. 입 밖으로 내뱉진 않았지만 다들 김 이장을 떨떠름해 했다.

"다들 독립선언서를 읽어 보셨을 거요. 왜놈한테 나라를 빼앗긴 지 벌써 15년의 세월이 흘렀소. 그사이 조선 백성은 왜놈들의 극악무도한 만행에 시달리면서 나라를 잃는 게 얼마나 서럽고 뼈아픈 일인지 확실히 알게 됐소. 자유를 빼앗긴 채 희망 없이 산다는 게 얼마나 고통스러운 일인지도 말이오. 15년 동안 왜놈들은 자기도 모르는 사이 우리에게 나라를 되찾아야 한다는 투쟁심을 길러 주었소. 이번 만세운동으로 정미년의 그 힘없고 순진한 조선에서 벗어나 새로운 맥박이 뛰는 새 민족으로 거듭나야 하오. 빼앗긴 국권을 되찾겠다는 마음 하나로 여기 모인 것 아니겠소? 우리의 의지는 헌병대와 순사들의 총칼로도 꺾을 수 없소. 이런 마음이 만세운동의 정신이 아니겠소?"

마방 어른의 결연한 말투에 다들 숙연했다. 도적질당한 나라를 되찾는 게 무슨 죽을죄라고 목숨까지 걸어야 하는지 모르겠다 싶자 울분이 들끓었다. 나도 모르게 주먹에 힘이 들어갔다.

"어르신 말에 동의합니다만 왜놈한테 빌붙어 저만 살겠다는 종자는 처음부터 걸러 내야 하지 않겠습니까?"

뒷자리에서 불평 섞인 말이 튀어나왔다. 김 이장을 두고 하는 말이라는 걸 단번에 알 수 있었다. 사람들이 술렁대고 마방 어른의 얼굴이 어두워졌다.

"이번 만세운동은 온 백성이 함께하는 겁니다. 이 사람은 이래서, 저 사람은 저래서 따지지 않고 조선의 피가 흐르는 조선인이면 누구나 참여할 수 있어야 합니다. 우리 이웃조차 제대로 품지 못한다면 그건 우리가 원하는 독립의 참모습은 아닐 겁니다. 이번 만세 시위가 한때의 과오를 깨닫고 개과천선할 기회가 되는 것도 의미 있는 일이지 않겠습니까?"

전성렬이 나서서 김 이장을 싸고돌자 분위기는 더욱 싸해졌다. 한참 동안 무거운 침묵이 방 안을 휩쌌다. 숨소리조차 내뱉기 죄스러울 정도였다.

"얼마나 모일까요? 막상 거사일이 다가오니 걱정입니다."

이문순이 분위기를 깨며 입을 열었다.

"2000명 정도는 모여야 한다고 생각하고, 또 그게 가능하다고 봅니다."

마방 어른 말에 사람들은 놀란 표정을 감추지 않았다. 뒤쪽에서는 불편한 신음 소리도 터져 나왔다.

"너무 많이 잡으신 거 아닌가요? 물걸리만 해도 노인과 애들까지 다 합쳐야 1000명도 안 되는데요?"

사람들의 웅성거림이 좀체 가라앉지 않았다.

"그러니 비책이 필요한 게 아니겠소?"

두 패로 갈라져 말싸움을 벌이던 사람들이 입을 다물었다.

마방 어른이 말하는 비책은 만세시위에 나오지 않으려면 이곳을 떠나거나 3만 원의 벌금을 내라는 거였다. 이곳이 고향인 사람들에게 마을을 떠나라는 건 죽으라는 것이고, 쌀 한 가마니에 2원 하는 시절에 농사꾼에게 3만 원은 상상도 못 할 거금이었다. 나도 거기에 대해서라면 할 말이 많았다. 그런 말도 안 되는 비책 때문에 사람들이 만세에 나온다면 자발적인 뜻이 아니라 마지못해 끌려서 나오는 것일 테니 말이다. 오히려 그런 비책이 사람들에게 만세운동에 대한 악감정만 불러일으키지 않을까 싶어 내심 걱정됐다.

"그게 통하겠습니까? 다들 얼토당토않다 여길 텐데요."

전영균의 말에 다들 한마음인 듯 이내 방 안이 소란스러워졌다. 마방 어른 얼굴 위로 곤혹스러운 빛이 지나갔다. 마음속에 거센 물결이 일었다. 돈도 없지만 아버지가 누워 있는 이곳을 떠나 살아갈 자신도 없었다.

"설마 어르신이 진짜 돈을 받아 내려고 그러는 거겠소? 분명 다른 뜻이 있지 않겠소?"

전성렬이 사람들의 술렁거림을 가라앉히려는 듯 목소리를 높였다.

"그게 뭡니까?"

뒤에서 날선 목소리가 튀어나왔다. 계속되는 웅성거림에도 마방 어른은 조금의 미동도 없었다.

"다른 동네의 만세시위에서 총에 맞기도 하고 헌병대에 끌려가 고문을 받았다니 혹시 그런 일이 생기면 마방 어르신의 비책 때문에 어쩔 수 없이 나온 것이니 책임도 어르신한테 물으라 그런 뜻은 아니죠?"

이기선의 말에 사람들의 수런거림이 딱 그쳤다.

"진짜 그런 겁니까?"

"어르신답지 않은 비책이다 싶었는데, 역시 그런 깊은 뜻이 있었군요."

안도 반 놀라움 반으로 사람들은 마방 어른을 쳐다보았다. 마방 어른은 별 말 없이 헛기침만 연거푸 쏟아 냈다.

"자자, 그런 말은 나중에 하고 어르신 말씀 더 들어 봅시다."

바짝 굳은 얼굴로 마방 어른이 사람들을 둘러보며 입을 뗐다.

"4월 3일 정오 이곳 약방 앞 비석거리 장마당에서 모입니다. 여기 계신 분들은 사람들이 다른 데로 가거나 딴 일로 빠지는 일이 없도록 전날 밤과 당일 아침에 다시 회람을 돌렸으면 합니다. 부장 두께서 마지막까지 잘 이끌어 주시기 바랍니다."

"당연히 그래야죠. 다섯 개 면 사람들이 뜻을 같이할 것이고 큰 골 광부들도, 단골 장꾼들도 나 몰라라 하지 않을 겁니다."

부장두 전성렬의 목소리는 확신에 차 있었다. 언제 그랬냐 싶게 사람들의 오가는 시선에서 불꽃이 일었다.

"만세 궐기는 제가 먼저 연설을 하고 곧이어 부장두의 만세 삼 창이 끝나면 모두 만세를 외치며 도관리로 행진할 것이오."

그곳까지 수천 명이 만세를 외치며 행진하는 장관이 눈앞에 그려지자 가슴이 쿵쾅거렸다. 도관리는 면사무소와 헌병분견소 출장소가 있는 곳이었다. 홍천에만도 다섯 개의 출장소가 있다. 금물 산면 양덕원파출소, 두촌면 지은리파견소, 서석면 풍암리출장소, 화촌면 성산리출장소 그리고 내촌면에 도관리출장소가 그것이다. 만세꾼들이 제일 먼저 맞닥뜨릴 것도 도관리출장소의 헌병대가 될 것이다.

"왜놈들이 가만히 있을까요?"

"이번 궐기는 비폭력 시위입니다. 도관리쯤 가면 헌병들이 몰려 올 테지만 우리가 무기를 가진 것도 아니고 만세만 외치는 것이니 총을 쏘지는 못할 겁니다."

"언제 그놈들이 사정 봐 가며 총질하는 거 봤습니까? 온갖 핑계를 다 만들어서 사람 가두고 고문하는 놈들이에요."

마방 어른은 그날 헌병들이 동원될 가능성은 있지만 만세시위가 정당하고 평화적인 궐기인 만큼 별일 없을 거라고 확신했다.

"헌병이래 봐야 보조원까지 해서 아홉 명뿐이니 2000명이나 되는 만세꾼들을 어쩌지는 못할 거요. 더구나 이틀 전에는 화천면에서, 전날에는 동면에서 만세시위를 하니 우리 동창마을까지 신경쓸 겨를도 없을 거요. 설사 알게 되더라도 춘천의 헌병대까지 불러올 시간은 없을 겁니다."

"그래도 만약이라는 게 있잖습니까?"

"그런 일이 일어나지 않기를 바라야겠지만 천지 분간 못 하고 덤벼들면 헌병분견소를 깨 버립시다. 혹시 불미한 일이 생기면 내가 모두 책임지겠소. 그러니 헌병대에 잡히면 모두 내가, 김덕원이 시켜서 나왔다고, 그렇게 말하라고 사람들에게 전해 주시오."

"만약 무슨 일이 벌어지면 어르신한테만 책임을 지우지 않을 겁니다. 우리는 동지잖습니까?"

전영균의 말에 사람들이 서로 눈을 맞추고 목에 힘을 주었다. 의지와 결기 넘치는 눈빛이었다.

'대한 독립 만세!'

속엣말로 한 자 한 자 읊자 어깨가 무지근해지고 목 안이 가시라도 걸린 듯 쓰라렸다.

비밀 회합은 조각달이 산마루에 걸리는 새벽녘이 돼서야 끝났다. 사람들이 스며들 듯 하나둘 어둠 속으로 걸어 들어갔다.

뒤늦게 마방 어른을 따라 나온 전영균의 손에는 한약 꾸러미가 들려 있었다.

"몸을 보하는 약재를 많이 넣었으니 어머니께 갖다 드려라. 네가 힘을 보태 줘서 얼마나 고마운지 모르겠어. 부담 갖지 말고 받아라."

평생 구경 못 할 한약 꾸러미에 놀라 어리둥절할 어머니를 생각하자 가슴이 뭉클했다.


만세 하루 전날 아침, 방문을 나서는데 봉석이 사립문 뒤에서 튀어나왔다. 금방 울 듯한 봉석 얼굴에 가슴이 덜컥 내려앉았다.

"무슨 일 있어?"

"…"

몇 번이나 다그치고 나서야 봉석이 입을 뗐다.

"이장님, 아니 큰아버지가 큰일 낸 것 같아."

"무슨 일인데 빨리 얘기해 봐."

다그침에 봉석은 입만 달싹일 뿐 좀체 말을 꺼내지 못했다. 빨리 마방에 가야 한다고 짜증을 부리자 마지못해 우물대며 말했다.

"방금 큰집에 헌병 보조원 두 명이 들어갔어."

"헌병 보조원이 왜?"

헌병 보조원 홍재호와 윤두섭이 아침 댓바람부터 들이닥친 게 아무래도 김 이장이 만세운동을 밀고한 거 같다며 봉석이 얼굴이 파리해졌다.

"마방 어른한테 알려야겠어. 어디로 간다는 말은 없었어?"

"가는 데야 뻔해. 맨날 만났다 하면 삼거리 주막집에 가서 술대접을 하거든."

"난 마방으로 갈 테니 넌 얼른 성렬 아재 모시고 주막으로 와. 알았지?"

봉석이 세차게 고개를 끄덕이고는 냅다 뛰쳐나갔다.

"우려한 일이 결국 벌어졌구나. 어서 가자."

마방 어른과 함께 주막에 도착하니 홍재호가 병째 술을 마시고 있었다. 벌써 꽤 취했는지 얼굴이 불콰했다.

"만세를 불러? 정신 빠진 것들. 죽으려면 무슨 짓을 못 해…."

홍재호는 술잔을 거칠게 내려놓으며 큰소리를 냈다.

"주인장, 뭐 들은 거 없소? 지금이라도 바른말 하면 정상참작해 주지만, 만세꾼들 싸고돌면 국물도 없을 테니 각오하시오."

씩씩대는 홍재호의 협박에 주인 김달홍은 연신 굽신거렸다. 예전에 헌병대의 심사를 건드렸다가 주막집을 날릴 뻔한 기억이 있어서 지레 겁에 질려 있었다. 얼마 지나지 않아 봉석과 함께 전성렬이 헐레벌떡 마당으로 들어섰다.

"재호 이 사람아, 자네도 같은 조선 사람 아닌가? 그러니 이번 일만 위에 보고하지 말아 주게. 동포로서, 이웃으로서 이렇게 부탁하네.”

마방 어른이 나서서 홍재호와 윤두섭을 구슬렸다. 그 사이 왜놈
에게 시달렸던 사람의 입에서 나온 말치고는 너무나 어수룩했다.
헌병 보조원들이 어떤 인간이라는 걸 몰라서 그런 건 아닌 듯했다.
마방 어른은 같은 조선인이니 쉽게 마음을 돌릴 수 있을 거라고
믿는 듯했다.

“순진한 건가 아니면 멍청한 건가. 그깟 만세운동으로 대일본제
국이 눈이나 꿈쩍할 것 같소? 같은 조선 사람? 내가 어떻게 당신과
똑같단 말이오. 이래 뵈도 난 황국신민, 헌병대 소속의 황국 헌병
이란 말이오.”

말까지 놓지는 않았지만 홍재호는 마방 어른과 전성렬을 대놓
고 깔아뭉갰다. 그때까지 반쯤 얼이 빠져 있던 윤두섭도 마루 턱에
걸쳐 두었던 장총을 거머쥐었다.

‘헌병대장도 아저씨를 동포라고 생각할까요?’

그 말이 입안에서 빙빙 돌았다. 마방 어른과 전성렬의 회유에
움칠하기는커녕 되레 두 사람은 총부리를 들이댈 기세였다. 보고
있는 내가 간이 쪼그라들 지경이었다.

“내일 만세운동, 안 한다고 각서 쓰면 이쯤에서 눈감아 줄 수 있
지만 그게 아니라면 당장 꺼지쇼. 계속 헛소리를 하면 나도 더 이
상 참지 않을 거요.”

홍재호와 윤두섭의 이마에 깊게 주름이 잡혔지만 눈에는 비식

비식 웃음이 고였다.

참다못한 전성렬이 술상을 엎어 버리고 홍재호의 멱살을 거머쥐었다. 이미 거나하게 취한 홍재호는 몸을 가누지 못하고 비틀거렸다. 보고 있던 윤두섭이 몸을 날려 전성렬을 덮쳤다. 세 사람이 엎치락뒤치락하며 나동그라졌다.

"이게 무슨 일이래요?"

동네 사람 두셋이 들어오며 소리쳤다. 쩔쩔매던 주인장이 사람들 사이로 끼어들었다.

"헌병대에서 만세운동 조사하러 나왔다는구먼."

"홍천 읍내에서 만세운동 하던 사람들이 다쳤다는데, 그런 일 일어나면 안 되지. 우선 이놈들 주둥아리부터 단속하는 게 좋겠소."

장정들은 누가 먼저랄 것도 없이 윤두섭과 홍재호를 향해 달려들었다. 두 사람 위로 겹겹이 사람들이 엎어졌다. 마당은 순식간에 난장판으로 바뀌었다. 봉석은 파랗게 질려 뒷걸음질 쳤다. 제 큰아버지 때문에 이 사단이 벌어졌다는 생각에 정신이 나간 모양이었다.

"똘똘 뭉쳐도 시원찮을 판에 같은 조선 사람끼리 주먹다짐이나 벌인다는 게 말이 되나? 이 사람들도 말은 저렇게 하지만 절대 위에 고해바치지는 않을 거요."

마방 어른이 그렇게 나서는 바람에 사람들의 주먹질이 주춤했다. 시끌벅적한 사이 홍재호와 윤두섭이 사람들을 밀쳐 내며 일어났다.

"당신들도 목숨 보전하고 싶으면 당장 그놈의 만세운동인가 뭔가 접는 게 좋을 거요."

조금 전만 해도 살려 달라고 애걸복걸하던 홍재호가 금방 목소리를 바꿨다.

"좋은 말로 타일러서 들어 먹을 놈이 아니라니까요. 이런 놈한테는 지렁이도 밟으면 꿈틀한다는 걸 보여 줘야 된다고요."

"저것 보세요. 그냥 보냈다가는 큰일 나겠어요."

내 생각도 그랬다. 김 이장 같은 사람을 가담시켜 헌병 보조원의 귀에까지 들어가게 한 것도 그렇지만, 그냥 돌려보내는 건 더 큰 화근이 될 것 같았다. 헌병대 귀에 만세시위 이야기가 들어가면 다 된 밥을 똥통에 빠뜨리는 일이 될 것이다.

사람들이 시끌시끌한 사이 홍재호와 윤두섭은 금방이라도 내뺄 기세였다.

부장두 전성렬과 김상호가 뒷일을 알아서 할 테니 마방 어른은 가 보라며 등을 밀었다.

"둘만 있다가 무슨 봉변을 당하려고요. 우리가 같이 있어야 저놈들도 겁먹지 않겠소?"

사람들 몇이 목소리를 돋웠다.

"이렇게 몰려 있는 게 알려지면 더 큰일이니 두 사람한테 맡기고 돌아들 갑시다. 구더기 몇 마리 때문에 장독을 깰 수는 없지요."

마방 어른이 그렇게 나오는 데는 사람들도 어쩌지 못했다. 마방 어른이 주막집을 떠났을 때도 나는 꿈쩍하지 않았다. 여차하면 나라도 힘을 보태야 할 것 같았다.

전성렬이 술상을 봐 오라고 한 후 다시 둘을 설득하기 시작했다.

"예전에 재호 자네는 누구보다 의리 있는 사람이었네. 동네 사람들을 대신해서 이렇게 부탁함세. 혹시 아나? 나라를 되찾게 되면 오늘 자네가 베푼 은혜를 모두 고마워할 걸세."

"넌 여전히 순진하구나. 십몇 년을 버텨온 대일본제국이 그깟 만세운동에 무너진다고? 너야말로 지금이라도 마음 바꿔. 그러면 내가 책임지고 넌 이번 일과는 전혀 상관없다고 말해 줄 거고 한약방 다락방이 비밀 회합 장소였다는 것도 눈감아 줄 수 있으니까."

갑자기 기고만장해진 홍재호가 허세를 부리며 전성렬을 설득하려 들었다. 참다못한 전성렬이 일본 놈보다 더 나쁜 놈이 너같이 일본 놈에 빌붙은 버러지라며 따귀를 갈겼다. 내내 얼굴이 붉으락푸르락하던 김상호와 주막 주인이 장총을 빼앗고 홍재호와 윤두섭의 손목을 동여맸다. 가만있지 않겠다며 고함을 질러 대는 두 사람을 창고에 가두는 것을 보고서야 안도의 한숨이 나왔다.

마방에 돌아와 여물을 끓였다. 봄이 가까워졌는지 헛간의 볏짚도 바닥까지 푹 꺼져 있었다.

"김가네 주막에서 난리 났었다며? 어쨌든 내일 아침까지 단단히 붙잡아 둬야 할 텐데…."

"창고 지키는 어른들이 몇 있는데 뭔 일 있겠어요?"

성하댁 말에 공연히 목소리를 높였다. 성하댁이 아궁이의 잔불을 화로에 담는 사이 여물통을 들고 마구간으로 향했다. 말 못 하는 짐승들도 무슨 낌새를 채기나 한 듯 행동이 굼떴다. 갈기를 여러 번 쓰다듬어 주자 그제야 여물통에 머리를 들이밀었다. 부지런히 여물을 우물대는 걸 보니 시끄러웠던 마음이 조금씩 가라앉았다.

"저녁 얼른 먹고 집에 일찍 들어가라고 그러시더라. 나도 시위에 나가고 싶은데 아낙들은 나오지 말라니…. 내 자식만큼은 이런 세상에서 살게 하고 싶지 않은 건 나라고 다르지 않은데 말이다."

성하댁은 국을 퍼 담으며 툴툴거렸다. 마방을 나서는데 멀리서 수덕 아재와 사람들이 보였다. 정말 만세운동 때문에 산에서 내려오는 걸까?

웬일인지 어머니와 장근이가 삽짝까지 나와 기다리고 있었다.

"아까도 이장댁 머슴이 내일 꼭 나와야 한다고 단단히 이르고 갔는데, 아무래도 걱정이다. 넌 장손이고, 장근이는 제 친구들도 나가는데 자기는 왜 안 되냐고 저렇게 난리고…."

장근이가 어머니와 나를 번갈아 보며 히죽거렸다.

"장근이는 어려서 안 돼요. 온 마을 사람들이 다 참여하는 일이니까 별일 없을 거예요. 그냥 만세만 부르는 건데요 뭘. 벌금은 사람들 안 나올까 봐 마방 어르신이…."

입을 틀어막는 나를 보며 어머니의 눈이 휘둥그레졌다.

"그게 무슨 말이냐? 그럼 안 나가도 된다는 거냐?"

"그게 아니라 마을 사람 다 나가는데 빠지면 미안해서라도 여기 살기 껄끄러울 거라고요. 그리고 장근이 너, 형이 나갈 거니까, 엉뚱한 생각하면 가만 안 둬."

"옆집 진기도, 산지기 아들 명호도 다 간다 그랬는데, 왜 나만 안 되는데?"

장근이도 곱게 물러설 기세가 아니었다.

"하여튼 안 된다면 안 돼."

눈알을 부라리고 사정없이 닦아세워 간신히 장근이를 주저앉혔다.


드디어 4월 3일 아침이 밝았다. 새벽부터 흩뿌리던 비가 조금씩 가늘어졌다. 아침부터 멀리 논둑길을 가로지르며 삼삼오오 흰 물결이 넘실거렸다. 물걸리 동창마을 주민뿐만 아니라 내촌면 와야리와 문현리, 회천면 장평리, 서석면 수하리, 내면 방내리, 인제군 기린면 상남리 등 다섯 개 면 일곱 개 리 사람들이 몰려오고 있었다.

전영균 한약방 앞에 모인 장두인 마방 어른 김덕원과 부장두 전성렬을 비롯해 전영균, 이문순 등이 대형 태극기 세 개를 바지랑대 위에 내걸었다. 집집마다 사발통문을 돌렸던 청년들도 속속 도착했다.

정오가 다가오자 비석거리 다리목 장터에서 내촌천 둑까지 이어진 너른 벌은 발 디딜 틈 없이 사람들로 꽉 찼다. 골목마다 언덕마다, 담 위와 지붕 위에도 멀리 내촌천 다리 위에도 만세 인파로 넘실거렸고 뒤늦게 도착한 사람들은 인근 논둑으로 올라갔다. 솜두루마기 차림의 늙은이에서부터 귀밑머리 새파란 아이들까지 이렇게 많은 사람들이 모일 거라고는 생각도 못 했다. 열다섯 해 동안 본 최고의 장관이었다.

야트막한 둑방 위에 수덕 아재와 광부들이 보이고 장마당의 장꾼들도 눈에 띄었다. 나를 발견한 듯 수덕 아재가 손을 흔들었다. 순간 눈이 마주친 것 같은 기시감이 들었다. 수덕 아재가 나를 아는 척한 건 처음이었다.

"장두 어르신의 말씀이 맞았습니다. 내촌천까지 사람들로 꽉 찼어요."

"2000, 아니 3000명은 될 것 같습니다. 일본 놈들이 봤으면 눈이 뒤집어지겠는데요."

정오가 되자 바지랑대에 걸린 대형 태극기가 김자회, 전영균, 이기선의 손에 들려지고, 양도준이 징을 울리며 동창 만세시위를 알렸다.

부장두 전성렬이 장두를 소개하자 마방 어른이 군중 앞에 섰다. 담대하던 마방 어른의 얼굴도 벌겋게 달아올랐다. 나도 모르게 입이 바짝바짝 탔다.

"우리 내촌면을 비롯한 다섯 개 면민 여러분, 이른 아침부터 귀한 걸음으로 이 자리에 모여 주신 것을 장하게 생각합니다. 오늘 우리 면민이 여기 모인 것은 침략자로부터 빼앗긴 국권을 되찾기 위해서입니다. 경술국치 이래 우리는 자유도 평화도 없는 엄혹한 세월을 살아왔습니다. 이제는 그 서러움을 끝내야 합니다. 우리 후손들에게 온전한 나라를 물려주는 길은 독립을 쟁취하는 것이고 온 백성이 이를 위해 굳세게 일어서야 할 것입니다. 여러분, 빼앗긴 나라를 되찾기 위해 궐기합시다. 한 사람도 이탈하지 않고 대한 독립 만세 소리로 하늘까지, 아니 저 멀리 바다까지 우리나라가 당당한 주권 국가임을 세상 만방에 알립시다."

여기저기에서 박수가 터져나왔다. 적삼 속에서 일제히 태극기를 꺼내 흔들던 사람들의 함성은 산자락에 맞부딪쳐 메아리를 만들었다.

전성렬이 잠시 숨을 고른 다음에 전영균을 불러냈다. 독립선언서를 펼쳐 든 전영균의 눈이 번들거렸다.

"우리는 오늘 조선이 독립한 나라이며, 조선인이 이 나라의 주인임을 선언한다.…"

전영균의 목소리는 자못 비장했다. 사람들 모두 숨을 멈추고 귀를 기울였다. 어려운 말이 많이 나왔지만 '조선', '독립', '민족', '2000만'이라는 단어는 귀에 콕콕 박혔다. 가슴에 불을 지핀 듯 뜨거운 열기로 가득찼다.

"대한 독립 만세!!"

"조선 독립 만세!"

"일본 제국주의는 물러가라."

이문순이 만세 삼창을 제창하자 양도준이 징을 쳤다.

"지이~이징!"

징 소리에 맞춰 부장두 전성렬이 만세 삼창을 했고, 잇따라 수천 명의 힘찬 만세 소리가 온 세상을 가득 메웠다. 만세 소리가 이어지면서 장마당은 흥분과 열기로 들끓었다. 모두 이 만세시위가 끝나면 곧 해방이 될 거라는 확신에 찬 함성이었다.

"도관리로 갑시다!"

"도적놈들에게 우리의 뜻과 의지를 전합시다!"

양도준의 징 소리에 맞춰 만세 소리가 점점 커졌다.

용트림을 하듯 앞장선 시위 군중들이 태극기를 앞세우고 도관리 쪽으로 행진하기 시작했다.

"유근아!!"

저쪽에서 봉석이 손을 흔들었다. 한 집에 한 사람이어서 자기는 안 나와도 될 거라더니…. 피식 웃음이 새어 나왔다. 봉석이 사람들을 뚫고 내 쪽으로 몸을 틀었다. 물살을 거슬러 헤엄치는 것처럼 사람들한테 떠밀려 봉석의 몸이 굼떴다. 한 손을 치켜든 나는 봉석 옆에 서 있는 장근이를 보았다. '헉!' 숨이 멎었다.

"형! 나도 왔어. 봉석이 형이랑은 여기서 만났어."

"너 빨리 집에 안 가! 너 같은 꼬맹이가 올 데가 아냐!"

"나도 조선 사람이라고."

또박또박 말대꾸를 해 대는 장근이의 뒤통수를 한 대 휘갈기고 싶은 지경이었다.

"너 안 나올 거라고 그랬잖아?"

"큰아버지 잘못을 내가 대신 갚으려고. 이걸로 될지 모르겠지만."

봉석이 뒷머리를 긁적였다.

그때였다.

"탕!"

"타~타당!"

공포탄이 공기를 갈랐다. 처음 듣는 괴상망측한 소리였다. 헌병과 헌병 보조원들이 쏘아 대는 총소리였다. 진즉부터 만세꾼들의 움직임을 지켜보려고 탑둔지 목화밭 뒤쪽에 숨어 있었던 모양이었다.

"당장 중단해라. 그렇지 않으면 실탄 사격을 할 거다."

헌병대장이 위협하듯 공중을 향해 총을 쏘았다.

"걱정 마시오. 헛총이요."

"총으로도 칼로도 우리를 막을 수 없다는 걸 보여 줍시다!"

앞장선 장두와 부장두, 이문순과 전영균이 번갈아 고함을 질렀다.

갑작스러운 총성에 멈칫한 것도 잠시 사람들은 더 크게 만세 삼 창을 했다. 만세 소리가 더욱 높아졌다. 시위 대열은 한 치도 물러 서거나 해산할 기미가 없었다.

"저기, 홍재호다!"

누군가의 입에서 그런 소리가 터져 나왔다. 엊저녁 감시가 허술 한 틈을 타 도망친 그들은 도관리 헌병주재소로 달려갔다. 상관에 게 폭행당한 사실은 물론 내일 만세운동이 있을 거라고 떠들었을 것이다.

"저런 쳐 죽일 놈."

"그까짓 총질, 안 무섭다!"

헌병대를 비웃듯 사람들은 다시 대열을 가다듬었다. 마방 어른 과 주동자들은 사람들 사이를 넘나들며 만세를 외쳤다.

헌병대장이 높이 치켜든 팔을 내리는 순간 고막을 뚫을 듯한 총 성과 함께 비 오듯 총알이 날아왔다. 두어 번 만세 소리가 들리는 가 싶더니 시위대 앞에 선 사람들이 장작더미처럼 무너졌다. 흙다 리 밑으로 굴러떨어지거나 도랑으로, 논둑과 밭둑 아래로 나동그 라지는 사람도 있었다. 시위 대열이 술렁거렸다.

숨통을 조이는 공포가 온몸을 휘감았다.

"유근아, 얼른 도망쳐."

뒷집 아저씨가 내 팔목을 잡고 눈을 부라렸다.

"동생이, 동생이 안 보여요."

눈앞이 희뿌예졌다. 시위 대열을 뚫고 뛰기 시작했다. 장근이를 처음 보았을 때 두들겨 패서라도 돌려보내지 않은 걸 죽을 만큼 후회했다. 머리 위로 바람을 가르고 총알이 날아들었다.

"장근아, 봉석아!"

두 사람에게 소리쳤을 때 봉석이 장근이를 바짝 끌어안았다.

"으윽⋯."

총알을 맞았는지 봉석이 몸이 수숫단처럼 풀썩 쓰러졌다. 정신 차릴 틈도 없었다. 계속 총알이 날아들고 쓰러지는 사람들도 점점 늘어났다. 시위 대열 속에서 연이어 비명이 터져 나왔다. 노인, 아이 가려 가며 총질할 놈들이 아니었다.

등 뒤로 마방 어른과 주동자들의 고함 소리가 들렸다.

"모두 안골로 피하시오."

"모두 몸을 보전하시오."

우왕좌왕하는 사람들이 논두렁 밭두렁을 빠져 은장봉 복골, 가루고개, 용호대 쪽으로 무리 지어 달아나기 시작했다. 빼앗긴 걸 되찾는 일이, 맨몸으로 만세를 외치는 게 총 맞을 일인가? 억울하고 분했다.

벌판 여기저기 쓰러진 사람들이 보였다. 징 소리가 들리지 않는 걸 보니 양도준도 변을 당한 건가. 전영균은 진즉부터 보이지 않았다. 자꾸 눈물이 났다.

"넌 얼른 이 아이들 데리고 마방으로 가라. 장두 어른은 무사히 빠져나갔는지 모르겠다."

내 어깨를 잡아챈 것은 양도준이었다. 정신을 잃었는지 이내 봉석이 몸이 축 늘어졌다.

내 등에 봉석을 업혀 주던 양도준이 소리쳤다.

"저기 저분 장두 어른 맞지?"

우왕좌왕하는 시위대 앞에서 마방 어른이 사람들을 헌병대 반대쪽으로 이끌었다.

"내가 가 볼 테니 넌 얼른 빠져…."

총을 맞은 양도준이 눈앞에서 고꾸라졌다. 봉석을 업은 두 팔에서 힘이 쭉 빠져나갔다.

"아까 징을 치던 그 사람 맞죠?"

"이보시게, 이보시게…. 정신 차리시오."

처음 보는 아저씨가 양도준을 일으켜 세웠다. 옆사람이 아저씨를 도와 양도준을 부축했다. 뒤쫓아 오라 말하고 마방 쪽으로 내처 달렸다. 나보다 한 뼘은 큰 봉석이 짓누르는 무게 같은 건 안중에도 없었다.


총알이 빗겨 가는 바람에 봉석의 부상은 걱정할 정도는 아니었다. 사경을 헤매던 양도준이 고비를 넘기고 깨어난 건 저녁 무렵이었다.

"장두 어른은 어찌 됐소? 만세운동은 어떻게 됐소?"

정신을 차리자마자 당장 장마당으로 가겠다는 양도준을 사람들이 말렸다. 순사들과 헌병 보조원들이 동네에 쫙 깔려 있어 잡히면 바로 형무소로 끌려갈 게 분명했다.

"헌병대에서 눈에 불을 켜고 찾을 텐데…. 제가 갈게요."

만세꾼들이 떠난 비석거리 장마당은 여기저기 널브러진 시체들과 부상자들의 신음 소리로 아수라장이었다. 그 속에서 마방 어른과 젊은 장정들이 근처 정익희 할머니와 남씨 부인의 도움을 받아 시체 수습을 하고 있었다. 그악스럽게 총질을 해 대던 헌병들은 한 명도 보이지 않았다. 마방 어른을 도와 다친 사람들을 일단 주막으로 옮겼다. 캄캄한 어둠 속에서 사람들의 손길이 분주했다.

"헌병과 보조원들은 하나도 없네요?"

"큰골 금광 갱내에 숨었다고 하더라. 수천 명의 만세꾼들을 보고 저들도 식겁했겠지. 어제 홍재호와 윤두섭, 그 두 놈만 어떻게 했더라도 오늘 만세운동은 대성공이었을 테고 이런 무참한 상황도 벌어지지 않았을 텐데."

내 말에 옆에서 상처를 싸매던 형이 대신 말했다. 마방 어른의 얼굴은 내내 어두웠다.

"장두 어른, 끝장을 봐야 하지 않겠습니까?"

"맞습니다. 이렇게 끝내는 건 말도 안 돼요. 오늘이 끝이 아니라는 걸 보여 줘야 합니다."

장정들이 하나둘 나섰다. 불끈 주먹이 쥐어지고 목구멍이 화끈거렸다.

"좋소. 갑시다!"

마방 어른의 말에 장정들이 '와아' 함성을 질렀다.

'대한 독립 만세!'

배 속 깊은 곳에서 울컥 뜨거운 것이 올라왔다.

# 동창 만세운동, 그리고 그 후

강원도 홍천군에서는 사흘에 걸쳐 세 차례 만세운동이 있었다. 4월 1일에는 기독교인이 중심이 된 홍천읍 만세운동, 4월 2일 유림들이 앞장선 속초리 동면 만세운동, 4월 3일 동학을 계승한 천도교인들이 이끈 내촌면 물걸리 동창 만세운동이 그것이다. 이렇게 한 지역에서 세 차례 만세운동이 일어난 것은 우연이 아니라 치밀한 계획 아래 동학과 기독교 지도자들, 지역 유림들이 협력한 덕분이었다.

일본 헌병과 보조원의 무차별 총격으로 이날 목숨을 잃고 순국한 사람은 이순극, 전영균, 이기선, 이여선, 연의진, 김자회, 전기홍, 양도준 등 여덟 명이었고 함춘선, 승만수 등 20여 명이 부상을 입었다. 특히 양도준은 중상을 입고 김덕원 집에 은신하고 있던 중 헌병 보조원에게 발각돼 그 자리에서 총살당했다.

일제 관헌에게 쫓기던 김덕원 의사가 숨어 지내던 수하리 용호대의 다락방

열흘 뒤인 4월 11일, 동창 만세운동을 이끌었던 김덕원은 홍천군 동면 만세시위의 주동자 민병찬과 함께 산상 횃불시위를 전개하기도 했다.

조선헌병대사령부의 비밀 문서인 〈조선 소요 사건 상황〉에 따르면 동창 만세운동 가담자들이 낫과 곤봉을 동원해 무기와 탄약을 탈취, 헌병과 보조원 등을 살해하고 주재소를 습격하는 등 폭력을 자행했기 때문에, 이 위험한 폭도를 진압하기 위해 어쩔 수 없이 총기를 사용했다는 거짓 기록이 남아 있다.

시위 다음 날부터 일본 헌병들은 시위에 가담한 주모자를 색출한다는 명목으로 사람들을 무조건 체포, 구금하고 고문을 일삼았으며 주모자들을 잡을 수 없자 김덕원의 집과 전영균의 한약방을 불 지르는 것도 모자라 김덕원의 부인을 체포해 고문하기도 했다.

이후 김덕원은 3년 동안 은장봉 토굴과 아미산 골짜기, 고양산 기슭, 서석면 수하리 용호대 연규환의 다락방을 전전하면서 낮에는 짚신을 삼고 밤에는 일본 주재소의 동태를 파악하며 끝까지 투쟁했다. 1922년 체포된 그는 4년 형 판결을 받고 춘천형무소에서 옥고를 치뤘으며 7년 동안 이어진 유랑과 감옥 생활로 폐병과 고문 합병증을 얻어 눈까지 머는 고통을 겪었지만 언제 어떻게 죽었고 어디에 묻혔는지 알 수 없다. 김덕원은 그 공로를 인정받아 1992년 국가보훈처로부터 건국포장을 받았다.

순국한 여덟 열사의 높은 항일 의지를 기념해 1963년 세워진 팔 렬각 기념비는 1991년 홍천 군민과 김덕원의 후손인 김창묵의 성금으로 탑둔지 터에 조성된 기미만세공원으로 옮겨졌다.

만세운동을 하다가 순직한 여덟 열사
와 당시 만세운동 참여자를 추모하기
위해 만든 기미만세공원의 기념 동상
과 팔렬각 기념비

# 쉽고 바르게 읽는
# 3·1독립선언서

출처: 3·1운동 및 대한민국임시정부수립 100주년 기념사업추진위원회

우리는 오늘 조선(우리나라)이 독립한 나라이며, 조선인(우리나라 사람)이 이 나라의 주인임을 선언한다. 우리는 이를 세계 모든 나라에 알려 인류가 모두 평등하다는 큰 뜻을 분명히 하고, 우리 후손이 민족 스스로 살아갈 정당한 권리를 영원히 누리게 할 것이다.

이 선언은 5000년 동안 이어 온 우리 역사의 힘으로 하는 것이며, 2000만 민중의 정성을 모은 것이다. 우리 민족이 영원히 자유롭게 발전하려는 것이며, 인류가 양심에 따라 만들어 가는 세계 변화의 큰 흐름에 발맞추려는 것이다. 이것은 하늘의 뜻이고 시대의 흐름이며, 전 인류가 함께 살아갈 정당한 권리에서 나온 것이다. 이 세상 어떤 것도 우리 독립을 가로막지 못한다.

낡은 시대의 유물인 침략주의와 강권주의에 희생되어, 우리 민족이 수천 년 역사상 처음으로 다른 민족에게 억눌리는 고통을 받은 지 10년이 지났다.

그동안 우리 스스로 살아갈 권리를 빼앗긴 고통은 헤아릴 수 없으며, 정신을 발달시킬 기회가 가로막힌 아픔이 얼마인가. 민족의 존엄함에 상처받은 아픔 또한 얼마이며, 새로운 기술과 독창성으로 세계 문화에 기여할 기회를 잃은 것이 얼마인가.

아, 그동안 쌓인 억울함을 떨쳐 내고 지금의 고통을 벗어던지려면, 앞으로 닥쳐올 위협을 없애 버리고 억눌린 민족의 양심과 사라진 국가 정의를 다시 일으키려면, 사람들이 저마다 인격을 발달시키고 우리 가여운 자녀에게 고통스러운 유산 대신 완전한 행복을 주려면, 우리에게 가장 급한 일은 민족의 독립을 확실하게 하는 것이다.

오늘, 우리 2000만 조선인은 저마다 가슴에 칼을 품었다. 모든 인류와 시대의 양심은 정의의 군대와 인도의 방패가 되어 우리를 지켜 주고 있다. 그러므로 우리는 나아가 싸우면 어떤 강한 적도 꺾을 수 있고, 설령 물러난다 해도 이루려 한다면 어떤 뜻도 펼칠 수 있다.

우리는 일본이 1876년 강화도조약 뒤에 갖가지 약속을 지키지 않았다고 해서 일본을 믿을 수 없다고 비난하는 게 아니다. 일본의 학자와 정치가들이 우리 땅을 빼앗고 우리 문화 민족을 야만인 대하듯 하며 우리의 오랜 사회와 민족의 훌륭한 심성을 무시한다고 해서, 일본의 의리 없음을 탓하지 않겠다.

스스로를 채찍질하기에도 바쁜 우리에게는 남을 원망할 여유가 없다. 우리는 지금의 잘못을 바로잡기에도 급해서, 과거의 잘잘못을 따질 여유도 없다. 지금 우리가 할 일은 우리 자신을 바로 세우는 것이지 남을 파괴하는 것이 아니다. 양심이 시키는 대로 우리의 새로운 운명을 만들어 가는 것이지 결코 오랜 원한과 한 순간의 감정으로 샘이 나서 남을 쫓아내는 것이 아니다. 우리는 단지, 낡은 생각과 낡은 세력에 사로잡힌 일본 정치인들이 공명심으로 희생시킨 불합리한 현실을 바로잡아, 자연스럽고 올바른 세상으로 되돌리려는 것이다.

처음부터 우리 민족이 바라지 않았던 조선과 일본의 강제 병합이 만든 결과를 보라. 일본이 우리를 억누르고 민족 차별의 불평등과 거짓으로 꾸민 통계 숫자에 따라 서로 이해가 다른 두 민족 사이에 화해할 수 없는 원한이 생겨나고 있다. 과감하게 오랜 잘못을 바로잡고, 진정한 이해와 공감을 바탕으로 사이좋은 새 세상을 여는 것이, 서로 재앙을 피하고 행복해지는 지름길임이 분명하지 않은가!

또한 울분과 원한에 사무친 2000만 조선인을 힘으로 억누르는 것은 동양의 평화를 보장하는 길이 아니다. 이는 동양의 안전과 위기를 판가름하는 중심인 4억만 중국인들이 일본을 더욱 두려워하고 미워하게 하여 결국 동양 전체를 함께 망하는 비극으로 이끌 것이 분명하다. 오늘 우리 조선의 독립은 조선인이 정당한 번영을 이루게 하는 것인 동시에, 일본이 잘못된 길에서 빠져나와 동양에 대한 책임을 다하게 하는 것이다. 또 중국이 일본에게 땅을 빼앗길 것이라는 불안과 두려움으로부터 벗어나게 하는 것이며, 세계 평화와 인류 행복의 중요한 부분인 동양 평화를 이룰 발판을 마련하는 것이다. 조선의 독립이 어찌 사소한 감정의 문제인가!

아, 새로운 세상이 눈앞에 펼쳐지는구나. 힘으로 억누르는 시대가 가고, 도의(인도와 정의)가 이루어지는 시대가 오는구나. 지난 수천 년 갈고 닦으며 길러 온 인도적 정신이 이제 새로운 문명의 밝아 오는 빛을 인류 역사에 비추기 시작하는구나. 새 봄이 온 세상에 다가와 모든 생명을 다시 살려내는구나. 꽁꽁 언 얼음과 차디찬 눈보라에 숨 막혔던 한 시대가 가고, 부드러운 바람과 따뜻한 볕에 기운이 돋는 새 시대가 오는구나.

온 세상의 도리가 다시 살아나는 지금, 세계 변화의 흐름에 올라탄 우리는 주저하거나 거리낄 것이 없다. 우리는 원래부터 지닌 자유권을 지켜서 풍요로운 삶의 즐거움을 마음껏 누릴 것이다. 원래부터 풍부한 독창성을 발휘하여 봄기운 가득한 세계에 민족의 우수한 문화를 꽃피울 것이다.

그래서 우리는 떨쳐 일어나는 것이다. 양심이 나와 함께 있으며 진리가 나와 함께 나아간다. 남녀노소 구별 없이 어둡고 낡은 옛집에서 뛰쳐나와, 세상 모두와 함께 즐겁고 새롭게 되살아날 것이다.

수천 년 전 조상의 영혼이 안에서 우리를 돕고, 온 세계의 기운이 밖에서 우리를 지켜 주니, 시작이 곧 성공이다. 다만, 저 앞의 밝은 빛을 향하여 힘차게 나아갈 뿐이다.

세 가지 약속
하나,
오늘 우리의 독립 선언은 정의, 인도, 생존, 존영(고귀하고 세상에 빛남)을 위한 민족의 요구이니, 오직 자유로운 정신을 드날릴 것이요, 결코 배타적 감정으로 함부로 행동하지 마라.

하나,
마지막 한 사람까지, 마지막 한 순간까지, 민족의 정당한 뜻을 마음껏 드러내라.

하나,
모든 행동은 질서를 존중하여 우리의 주장과 태도를 떳떳하고 정당하게 하라.

조선을 세운 지 4252년 3월 1일(1919년 3월 1일)

조선 민족 대표
손병희 길선주 이필주 백용성 김완규 김병조 김창준
권동진 권병덕 나용환 나인협 양전백 양한묵 유여대
이갑성 이명룡 이승훈 이종훈 이종일 임예환 박준승
박희도 박동완 신홍식 신석구 오세창 오화영 정춘수
최성모 최 린 한용운 홍병기 홍기조